U0935726

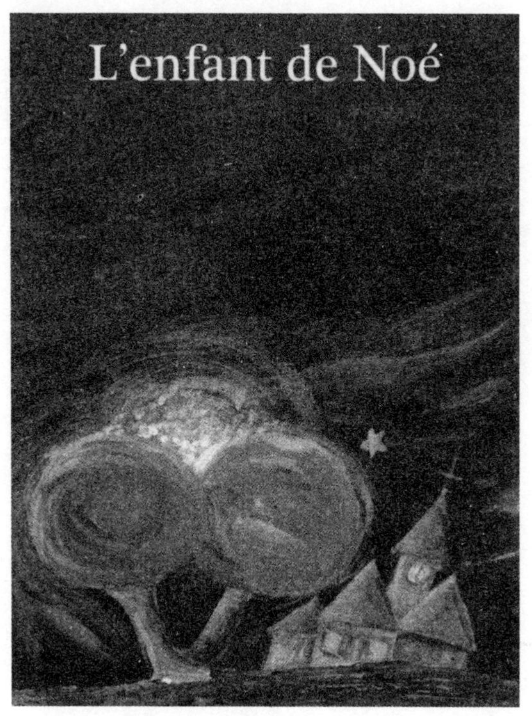

诺亚的孩子

Eric-Emmanuel Schmitt

〔法国〕埃里克-艾玛纽埃尔·施密特 著

周国强 译

译林出版社

献给我的朋友皮埃尔·佩尔穆特，
他的经历为本故事提供了
部分素材。

纪念那慕尔圣让·巴蒂斯特堂区助理
司铎安德烈神父
以及各国所有正义的人们。

我十岁那年，和一群孩子一起，每个星期天都被人叫到拍卖台上。

人家并不是要把我们搁那儿标价拍卖，只是让我们一个个从台上走过去，以找到想要我们的人。在台下的观众中既可能有我们终于从战争中回来的亲生父母，也可能有想要领养我们的夫妇。

每个星期天，我都要登上木板台，即便没被选上，也希望被认出来。

每个星期天，在黄色别墅风雨操场的顶棚下，我走上十步，让人看到我，让我能获得一个家，走十步争取不再当孤儿。拍卖台上最初迈出的那几步不费我多大的劲儿，焦急的心情推动着我，可走到一半时，我越来越没力气，两条腿艰难地拖完剩下的那一米。最后，就像来到了跳水板边儿上，前方等着我的是空虚。比深渊更深的沉寂。那一排排的面孔、帽子、脑袋和发髻，其中该有一张嘴巴张开了，大声喊道："我的儿子啊！"或者："是他！我想要的是他！我领养他了！"我脚趾挛缩，身体紧张地朝向将把我救出无人照看的境地的那声呼喊，检查我曾仔细整理过的外表。

我一大早就起来，从寝室蹦进冰冷的盥洗室，用一块硬得像石头，久久不化，擦不出泡沫的绿色肥皂划破了我的皮肤。我梳理头发二十次，以肯定我的头发都已熨服。我蓝色的弥撒服肩膀处变窄了，手腕和脚踝处都短了，所以，我在它粗糙的衣料里沉肩收腹以掩饰我长大了。

等待中，我们不知道前途是欢乐还是痛苦；

我们准备一跃而下，并不知道下面接待我们的是什么。也许会是死亡？也许是一片掌声？

我那双鞋肯定不会给人好印象。两块稀烂的纸板，破洞比材料多。用酒椰叶纤维捆扎的张开的大口，空气流通的典范，向着寒冷、风张开，甚至露出我的脚趾。这双烂鞋子之所以还能扛得住雨水，是因为它们被糊上了好几层泥巴。我不能冒着眼睁睁看到它们粉身碎骨的危险把它们拿去刷洗。唯一还能把我的鞋看成是鞋的征象是我还把它们穿在脚上。如果我把它们拎在手里，肯定会有人好心好意地上来告诉我垃圾桶在哪儿。也许我该留下平时穿的那双木鞋？不过，黄色别墅的来宾们不可能注意在下面的鞋子！而且，他们也不会因为鞋子不要我！红毛雷奥纳尔不是光脚丫子被他爹妈收回去了吗？

“你可以回饭厅去了，我的小约瑟夫。”

每个星期天，我的希望便以这句话宣告破

灭。彭斯神父暗示这一回又不行了，我该离开舞台。

向后转。走十步退场。走十步返回痛苦。走十步变回孤儿。台边上，另一个孩子已经在跺脚。胸口闷得我心疼。

“您认为我能做到吗，我的父？”

“做到什么呀，我的孩子？”

“找到我的父母。”

“父母啊！我希望你的亲生父母脱离了危险，希望他们很快就会出现。”

随着一次次毫无成效的自我展示，我竟至感到自己是有罪的。确实，是他们迟迟不来。迟迟不回来。可这难道纯属他们的错？他们还活着吗？

我十岁。三年前，我父母把我托付给了陌生人。

战争结束几个星期了。随着战争的结束，希望和幻想的时代也结束了。我们这些被隐藏起来的孩子也该返回现实，该弄弄清楚，像当头棒喝似的，我们是不是还有一个家，或者在这个世界上已经只剩下我们孤零零一个了……

这一切是在一辆有轨电车里开始的。

我和母亲坐在黄色车厢的最后面穿过布鲁塞尔，电车发出钢铁撞击的喧哗声，喷出火星。我还以为正是车顶上的这些火星给了我们速度。我坐在母亲腿上，紧贴着她的狐皮毛领，包裹在她甜甜的香水味里，以欢快的速度被抛进这座灰色的城市。我只有七岁，可我是世界的国王：臣民们，退后！让朕过去！汽车闪开了，马车手忙脚乱，行人逃跑了，只有我们的司机带着我们往前冲，我和我母亲，就像华贵的皇家马车里的一对儿。

别问我我的母亲像什么，谁能描绘太阳的

形象？温暖、力量、欢乐都来自妈妈。我记得她的作用更胜过她的外貌。我在她身边欢笑，从不会遇上什么严重的问题。

因此，德国大兵上车的时候，我依然无忧无虑。我只消扮演我哑巴儿童的角色就行，这是父母亲和我说好了的，他们害怕意第绪语暴露出我是犹太人，所以一有灰绿色军服或黑皮大衣过来，我就不许说话。那是在一九四二年，他们要求我们必须戴上黄色的星星，可我父亲作为巧手裁缝，找到办法给我们缝制了能掩盖掉星星，必要时再把它显露出来的大衣。母亲称之为我们的“流星”。

就在大兵们谈话的时候，我感到母亲的身体变僵直了，哆嗦不已。是本能反应？还是她听到话里泄露了什么机密？

她站起身，把手放在我嘴巴上，就在那一站，急急把我推下车梯。一走上人行道，我便问道：

“这儿离我们家还远着呢！干吗就下车了？”

“我们去转一转，约瑟夫。你说好吗？”

对我来说，母亲想要怎样我就愿意怎样，即使我这双七岁孩童的细腿要跟上她突然显得比平时更快捷，一冲一冲的步伐变得更艰难了。

路上，她向我建议道：

“我们去看望一位高贵的夫人，怎么样？”

“好啊。谁？”

“苏利伯爵夫人。”

“她有多高？”

“什么？”

“你告诉我说那是一位高贵的夫人……”

“我想说她是个贵族。”

“贵族？”

她给我解释，贵族是个出身高贵的人，一个十分古老的世家的后裔，即就他的贵族身份而言，就应该对他十分尊敬。她一边解释，一边把我带进一座豪华的私人府邸的门厅，仆人们向我们行礼。

我在那里大失所望，因为朝我们走来的女人和我想象中的不相符合：尽管出生在一个“古老的”家族，苏利伯爵夫人看上去很年轻，而且，虽说是出身“高贵”的“高贵”的夫人，她长得却不比我高多少。

她们低声交谈，语速很快，然后，母亲吻了吻我，要我在那儿一直等到她回来。

那个年轻、娇小、令我失望的伯爵夫人把我带去她的客厅，请我吃糕点、喝茶，并且为我弹奏钢琴。在一层层高高的天花板、丰富的点心和美妙的音乐前，我心甘情愿地重新考虑我的处境，并且，舒舒服服地陷进软垫沙发里，我承认她是一位“高贵的夫人”了。

她停止演奏，突然叹息一声望了望钟，然后，前额横了一道忧虑的皱褶，向我走来。

“约瑟夫，我不知道你能不能听懂我要跟你说的话，然而，我们的血统禁止我们向孩子们隐瞒真相。”

如果说这是贵族间的惯例，她凭什么要把它强加于我？难道她认为我也一样是贵族？再说，我是吗？我是贵族吗？也许……干吗不？如果，像她那样，既不需要高大，也不需要苍老就能是贵族，那我就有机会了。

“约瑟夫，你和你父母遇上了重大危险。你母亲听说了要在你们那个区里实施大逮捕。她去通知你父亲和尽可能多的人。她把你托付给我，由我来保护你。我希望她能回来。就这。我真的希望她能回来。”

所以，我觉得最好不要每天都当贵族，因为，真相往往是痛苦的。

“妈妈一定会回来的。她怎么会不回来呢？”

“她有可能被警察抓走。”

“她做了什么了？”

“她什么都没做。她是……”

说到此，伯爵夫人发自胸臆地一声长叹，使项链上的珍珠互相碰撞。她双眸湿润了。

“她是什么？”我问道。

“她是犹太人。”

“这没错啊。我们家全都是犹太人。你知道，我也是。”

由于我说得没错，她吻了我的双颊。

“那你呢，夫人，你是犹太人吗？”

“不。我是比利时人。”

“和我一样。”

“是的，和你一样。还是基督教徒。”

“基督教徒，这是犹太人的对立面吗？”

“犹太人的对立面是纳粹分子。”

“他们不逮捕基督教徒？”

“不逮捕。”

“那不是当基督教徒还好些？”

“那要看在谁面前。来吧，约瑟夫，我带你去看看我家，一边等你妈妈回来。”

“啊！你很清楚她会回来的！”

苏利伯爵夫人牵着我的手，从一冲而起的

楼梯上楼欣赏花瓶、图画和盔甲。在她的卧房里，我看到有整整一面墙用衣架挂着长裙。在斯哈尔贝克[①]我家里也是这样的，我们就在服装、线和料子堆里过日子。

“你和爸爸一样是裁缝吗？”

她笑了。

“不。我购买像你爸爸那样的裁缝做好的服装。他们总得是为什么人干活，是不？”

我点头赞同，可我没对伯爵夫人说，她恐怕不是在我们那儿选购的服装，因为我在爸爸那儿从来没看到过这么漂亮的成品，这些绣了花的天鹅绒、熠熠闪光的丝绸、袖口上的花边、首饰般闪烁的纽扣。

伯爵到了，伯爵夫人向他陈述了情况后，他打量了我一下。

他的形象跟贵族就接近多了。个儿高大，精明灵巧还老气横秋，不管怎么说，他那两撇

---

① 比利时布鲁塞尔近郊。

小胡子使他看上去令人可敬。他从那么高的地方打量着我，使我恍然大悟，那些天花板就是为他抬高的。

“我的孩子，来和我们一块儿吃饭吧。”

嗓门是贵族的嗓门，这，我能肯定！稳重、厚实、沉闷，蜡烛光照耀下青铜雕塑像色泽的嗓音。

晚餐时，我进行了必需的礼节性谈话，尽管一心想着那个出身问题：我是贵族，或者不是？如果说苏利夫妇随时准备帮助我、接纳我，那是不是因为我和他们属于同一世系？所以，我也是贵族？

就在我们去客厅里喝橙花茶的时候，我本来可以大声提出我的问题，可是，由于怕听到否定的答复，我还是愿意在这个令我得意的问题中多待一会儿。

门铃响起来的时候，我好像睡着了。我软绵绵地躺在沙发上，看到我父母出现在门厅平台上，这时，我第一次明白他们是不同的。他们穿着色泽黯淡的衣服，耷拉着双肩，手里提着纸板旅行箱，说起话来那么缺乏自信，忐忑不安，仿佛既惧怕他们走出的黑夜，又惧怕和他们说话的杰出的主人。我纳闷，我的父母是不是很穷。

“大搜捕啊！他们把所有的人全抓走了。女人和孩子都抓。罗森堡一家，梅耶尔一家，雷日家，佩尔穆特家。所有的人……”

我父亲在哭泣。从来不掉泪的父亲跑到像苏利夫妇这样的人家里来哭鼻子让我挺尴尬。这种不拘礼节的表现意味着什么？难道说我们是贵族？我在软垫圈椅里一动不动，注意倾听这一切，他们还以为我睡着了。

“走吧……走哪儿去啊？要去西班牙，就得穿过法国，而法国也一样不安全。加上没有假证件……”

“你瞧见了，米舍科，”母亲说道，“我们真该陪丽塔姑姑去巴西的。”

“和我那生病的父亲吗，绝对不行！”

“现在他死了。上帝保佑他的灵魂。”

“是啊，为时已晚。”

苏利伯爵把谈话稍稍理出些头绪。

“我来管管你们的事情吧。”

“不，伯爵先生，我们，我们的生死无关紧要。该当拯救的是约瑟夫。首先是他。如果事情该是这样的话，也只求他能安然无恙。”

“是的，”母亲接着说，“得把约瑟夫藏起来。”

在我看来，如此关注正证明我的直觉是对的，我是贵族。不管怎样，在我父母眼里我是贵族。

伯爵重又安抚他们。

“当然，我会照顾约瑟夫的。我也会照顾你们。只是你们得暂时地和他分开了。”

“我的约瑟飞雷……”

母亲倒在小个子伯爵夫人怀里，夫人亲切

地拍着她的肩膀。和令我尴尬的父亲的眼泪不同，母亲的眼泪让我痛彻心扉。

如果我是贵族，我就不能再装睡着了！我颇具骑士风度地从圈椅一跃而起，去安慰我母亲。然而，也不知道怎么了，跑到她身边的时候发生的情景却正好相反：我紧紧地抱着她的腿呜咽起来，哭得比她还凶。就这么一个晚上，苏利夫妇竟看到了整整一个家族哭哭啼啼！此后，您还能让人相信我们也是贵族吗？

为了分散一下注意力，我父亲打开他那些旅行箱。

“喏，伯爵先生，我无法给予您金钱上的报偿，只好把我所有的一切都奉上。这都是我最近做起来的衣服。”

说着，他提着衣架把他做好的上装、裤子和马夹一件件拎起来。用手背抚摸着它们，做出在店里做习惯了的动作，轻快地一摸，突出料子的挺括和柔软以彰显商品的价值。

我感到宽慰的是父亲没和我一起参观伯爵夫人的卧房，幸好没看到她那些漂亮的衣服，否则他非当场毙命，为他竟敢在如此讲究的人们面前拿出这些东西而羞愧倒下不可。

“我的朋友，我不想要任何形式的报偿。”伯爵说。

“您一定要收下……”

“别侮辱我。我这么做不是图利。拜托了，留下您这些珍贵的宝物，您留着它们会有用的。”

伯爵称我父亲做成的衣服为“宝物”啊！有些东西我不懂。难道是我看走眼了？

他们让我们登上府邸最高一层，把我们安置在一个屋顶房里。

开在屋顶中央的天窗外的满天繁星把我看呆了。以前我从没有过机会仰望天穹，因为，我们住的那套房是地下室，从气窗望出去只能看到鞋子、狗和草提包。这弯弯的穹庐，点缀着钻石的深邃的天鹅绒，在我看来，真当是每一层都美得芳菲照眼的豪华住宅合情合理的终端。就这样，苏利夫妇，在他们上面，不只是一栋住有六对夫妇和他们的儿女的大楼，还有轻盈的穹苍和星星。我真想当贵族。

“你瞧，约瑟夫，”妈妈对我说，“那颗星，它就是我们的星星。你的和我的。”

“它叫什么名儿？”

“人们叫它牧羊星，可我们，我们叫它约瑟夫和妈妈星。”

我母亲有重新命名星星的倾向。

她双手蒙住我的眼睛，让我打转儿，然后再指了指天空。

“它在哪儿？你能指给我看吗？”

在广阔无垠中，我无疑学会了辨认那颗“约瑟夫和妈妈星”。

母亲把我紧紧搂在怀里，低声哼着意第绪语的摇篮曲。她刚把歌唱完，就要我指出我们的星星。然后，她又唱了起来。我强忍着不要坠入梦乡，竭力想要好好享受这一刻。

我父亲低声嘀咕着，在房间尽头他那些手提箱上一次次地整理他的服装。我强打起精神，在母亲低声唱出的两段歌词间问他：

“爸爸，你会教我缝纫吗？”

他无言以答，迟迟没张口。

“是的，”我坚持说，“我很想制作出一些宝物。像你一样。”

他走到我身边，平时总显得那么呆板、冷漠的父亲把我搂在怀里吻着我。

“我会把我会的统统教给你，约瑟夫。甚至包括我还不会的。”

平时，他又黑又浓的扎人的胡子恐怕让他挺疼的，因为他常常用手摩擦脸颊，还不让任何人碰。那晚上，他也许不觉得是在受罪，允许我好奇地触摸它们。

“挺舒服，是不？”妈妈涨红了脸喃喃说道，仿佛是在跟我说悄悄话。

“行了，别说蠢话。”爸爸吼道。

尽管房间里有两张床，一张大床和一张小床，妈妈坚持要我和他们一起睡在大床上。父亲没反对很久。自从我们成了贵族以来，他确实变了。

就在那儿，凝望着用意第绪语唱歌的星星，我最后一次睡在母亲怀里。

我们绝没说过再见。这或许是因为事件连接得很混乱？还是他们对此细细地斟酌过？可能他们不想经受这种场面，更不愿让我经受……我还没有意识到，线就断了：第二天下午他们就不在了，并且没再回来。

每当我问起伯爵和娇小的伯爵夫人，我爸妈在哪儿，我得到的回答一成不变的是“藏起来了”。

我也就满足了，因为我的精力全都用在探索我的新生活，我的贵族生活上面了。

当我不是一个人在这个豪宅的角角落落里探测，不去看俊男靓女捉对儿跳舞，不去看擦洗银餐具、拍打地毯或给垫子充气的时候，我便在客厅里由伯爵夫人帮我进修法语和禁止我用意第绪语做任何表达。由于她用糕点和钢琴华尔兹舞曲塞得我饱饱的，我表现得非常听话。尤其是因为我认定，贵族身份的最后取得，要求我掌握这种语言，这种语言肯定平淡无奇，发音困难，没我的语言生动，不好玩得多了，然而它却柔和、有节奏、高贵。

在客人们面前，我得叫伯爵和夫人“我姨夫”和“我姨”，因为他们让我充当他们的荷兰外甥。

当有一天早上，警察包围了这栋房子时，我竟至以为这是真的了。

“警察！开门！警察！”

有人粗暴地捶打大门，门铃竟不够他们用了。

“警察！开门！警察！”

伯爵夫人穿着丝绸睡衣冲进我房里，一把把我抱起来，一直抱到她床上。

"一点儿都别害怕，约瑟夫，用法语回答，始终像我那样。"

就在警察们上楼的时候，她开始给我读一个故事，我们俩靠在长枕头上，就像没事儿似的。

他们闯进房里，用狂怒的目光瞥了我们一眼。

"您藏了一个犹太人家庭！"

"搜吧，想怎么搜就怎么搜，"她高傲地答复他们，"听一听墙壁，砸开大衣箱，把床全都抬起来。随便怎么做都行，可你们啥都找不到的。相反，我向你们保证，从明天起，就会有人向你们说起我了。"

"有人揭发您了，夫人。"

伯爵夫人没显出惊慌的样子，反而为他们随便什么人都相信而怒不可遏，警告他们这事儿没完，它会一直传到宫里去，因为她和伊丽莎白王后是知交，然后，她向官员们宣告这一错误将使他们丢掉差使，这一点，他们尽可相信她的话！

“现在，搜吧！快搜呀！”

面对如此的自信，如此的愤慨，警察头儿几乎要打退堂鼓了。

“夫人，我能不能问一声，这个孩子是谁？”

“我外甥。封·格勒贝尔将军的儿子。要不要我给你们摆一摆家谱啊？您在找死吧，小伙子！”

经过一无所获的搜索，警察们羞惭、支支吾吾地道着歉，笨手笨脚地走了。

伯爵夫人从床上跳下来。她非常激动，一时间又哭又笑。

“你发现了我的一个秘密，约瑟夫，我作为女人的一个小手段。”

“什么手段？”

“奋起指控而不是自我辩解。被怀疑的时候奋起进攻，以咬人自卫。”

“这是女人们才能用的吗？”

“不。你也能用。”

第二天，苏利夫妇对我说，我不能再待在他们家里了，他们的谎言一调查就会被戳穿的。

“彭斯神父很快就会过来，他会照顾你的。你只会得到更好的照料。你得叫他‘我父’。”

“好的，姨夫。”

“你叫他‘我父’不是要让别人以为他是你父亲，像你叫我‘姨夫’那样。彭斯神父，大家都叫他‘我父’。”

“你们也这么叫吗？”

“我们也这么叫。他是个教士。我们跟他说话的时候便叫他‘我父’。警察也这么叫。德国大兵也这么叫。全都这么叫。就连不信的人。”

“不相信他是他们父亲的人吗？”

“就连不相信上帝的人也这么叫。”

我很震惊遇上了一个竟是全世界的“父亲”，或说被当成是全世界的父亲的人。

“彭斯神父，”我问道，“他跟浮石[1]有什么

---

① Pons 和意为浮石的 ponce 同音。

关系吗？”

我想到的是前几天伯爵夫人拿来，让我洗澡时擦脚和擦去死皮硬皮的那块柔软轻盈的石头。它的形状像个老鼠，这东西让我吃惊的是它的漂浮能力，想不到石头能漂起来，还有，它一打湿就变色，从灰白色变成黑灰色。苏利夫妇哈哈大笑。

“我看不出来你们有什么可笑的，”我气恼地说，“浮石有可能是他发现……或是发明的……不管怎样，浮石总得有人做出来呀！”

苏利夫妇不再傻笑，点点头。

“你说得对，约瑟夫，那可能就是他。不过，他跟石头可毫无关系。”

这于事无碍。当他按响门铃，走进苏利府的时候，我一下子便猜到了是他。

他这个人细长条儿，给人的印象仿佛是由两个毫不搭界的部分组成的：脑袋和其余。他的身体像非物质的，没有起伏的衣裳架子，黑色的长袍平坦得就像挂在衣架上一样，从底下伸出一双闪亮的高帮皮鞋，两个脚踝上都没见到穿鞋带。与此相反，那颗脑袋凸显出来，红通通，肉嘟嘟，有生气，青涩，天真，像个刚出浴的婴儿。让人真想捧在手里，亲上一口。

“您好，我父，”伯爵说，“他就是约瑟夫。”

我凝望着他，竭力想弄明白，为什么他的脸非但不让我感到惊讶，而且，带着一种信任的神态。信任什么？他那双黑色的眼眸在轻型眼镜后面友善地打量着我。

霎时间，我恍然大悟。

“您没头发！”我大声嚷嚷。

他莞尔，而从那时起，我开始喜欢他了。

“我掉了很多头发。长出来的那几根，我刮掉了。”

“为什么？”

“那样就不用花时间梳头了。”

我扑哧笑了出来。这么说，连他自己都不清楚为什么是秃顶了？这也太奇怪了……苏利夫妇脸上挂着询问的神色望着我。难道他们也不知道？我要告诉他们吗？其实，这是明摆着的啊：彭斯神父脑袋光溜溜得像块卵石，因为他得像他的名字皮埃尔·彭斯啊！

对着他们惊讶不已的神态，我还是觉得不该说出来。哪怕被当成傻瓜蛋……

“约瑟夫，你会骑自行车吗？”

“不会。”

我不敢说出导致这个弱点的原因：打从战争一开始，我谨小慎微的父母就禁止我上街玩耍。在游戏方面，我和同龄的小孩们相比确是落后了一大截。

“那我这就来教你，”神父接着说道，“你在我后面努力坐稳了。抓紧啊。”

在伯爵府的大院里，我尽量做到堪称苏利家族的骄傲的样子，我需要试验好多次才能在行李架上坐住。

“现在我们要尝试上马路了。”

当我能做成功时，伯爵和夫人上来，轻快地吻了吻我。

“再见了，约瑟夫。我们会去看望你的。我父，小心大胖子雅克啊。”

我刚弄明白这便是告别，神父和我就已经穿行在布鲁塞尔的大街小巷里了。鉴于我的注意力聚焦在保持平衡上，我还无暇顾及我的离愁。

霏霏淫雨把沥青路面变成了油乎乎的镜子，我们便在几厘米宽的轮胎上颤动、摇晃，冒着雨迅速前行。

“如果遇上胖子雅克，你就紧靠在我身上，我们说说笑笑，要像常来常往的老朋友那样。”

“我父，胖子雅克是谁？”

“他是个犹太人的叛徒，坐着盖世太保的车转悠。他帮纳粹指认犹太人，好让纳粹逮捕他们。”

我刚注意到一辆黑色的前轴驱动车，慢慢

地跟在我们后面。我往身后投去一瞥，看到在挡风玻璃后面，穿深色大衣的人们中间，有一张苍白的汗水淋漓的面孔，正瞪大眼睛迅速察看路易斯大街人行道上的行人。

“胖子雅克，我父！”

“快，给我讲些什么。约瑟夫，你肯定知道一些有趣的故事不？”

我不加选择，便开始把我库存的牛皮统统搬了出来。我绝对想不到它们居然能把彭斯神父逗得那么开心，放开喉咙，哈哈大笑。这番成功让我兴奋，我也跟着笑了起来，当那辆汽车擦着我们而过的时候，我已经完全陶醉在自己的成功里，竟至都没注意到。

胖子雅克用一块折叠的白手绢拍打着他松弛的脸颊，恶毒地盯了我们一眼，然后，由于看到我们快乐地活着而厌烦，打手势让司机加速。

没多久，彭斯神父弯进一条侧路，汽车便从我们的视野里消失了。我想继续我脱口秀的行当，彭斯神父却嚷嚷起来：

“约瑟夫，求求你，别说下去了。你让我笑得都踩不动车子了。”

“遗憾。那你就听不到三个犹太教教士试骑摩托车的故事了。”

暮色苍茫，我们还在踩车。我们早已出了城，穿过田野，田野上的树木正变得黑乎乎一片。

彭斯神父没有喘息，但也很少说话，就说些“行吗？”“你能坚持住？”“你不累吧，约瑟夫？”然而，随着我们的前行，我感觉到我们变得越来越熟悉了，也许是因为我双手抱着他的腰，我的头靠在他背上，隔着粗糙的衣服，这具瘦削的身躯散发出来的热量正慢慢地赢得我的好感。终于，一块牌牌上标着彭斯神父的村子晨涞的名字，他刹住车。自行车一声尖叫，我滚落到沟里。

“好极了，约瑟夫，你很会踩自行车啊！

三十五公里！作为开始，很了不起呢！”

我站起身来，不敢对彭斯神父说出真相。实际上，令我十分羞愧的是这一路上，我没有踩车，我让两只脚悬在空中。我甚至都没注意到，有车踏板吗？

我还没来得及核实，他就把车子放好了，然后握住我的手。我们从地里横穿过去，一直来到晨涞村边的第一栋房子，一座砖石结构又矮又宽的简易建筑物前。在那里，他示意我别作声，避开正门，前去敲了敲食物储藏室的小门。

一张脸冒出来。

“快进来。”

玛塞尔小姐，药剂师，迅速把门关上，然后让我们往下走几级阶梯，进入就靠一盏小家子气的油灯照亮的地窖。

玛塞尔小姐让孩子们感到害怕，而当她朝我弯下腰来的时候，也不乏这种惯常的效果：我差点儿吓得叫出声来。是因为光线暗淡的缘故吗？

从下往上照的光线的缘故？玛塞尔小姐什么都像，就是不像个女人；她好似长在鸟身上的一个土豆。脸上的五官又短又粗，形状怪诞，打褶子的眼皮，棕色皮肤，不规则，无光泽，粗糙，像农民刚刚挖出的一个块根，一锄头砍出薄薄的嘴巴和两个小瘿瘤似的眼睛。稀稀拉拉几根头发，发根是白色的，发梢带点儿红色，预示春天来了可能会再长出来。两条前屈的细腿，整个儿的躯干就是一个胃，像个大腹便便凸起的红喉雀。她两只手搁在髋部，手肘朝后，一副马上起飞的架势，在吃掉我之前先凝望着我。

“犹太人，没问题吧？”

“是的。”彭斯神父说。

“你叫什么名儿？”

“约瑟夫。”

“很好。名字不用变动，这个名字犹太人和基督徒都用。你父母亲呢？”

“妈妈叫蕾娅。爸爸叫米歇尔。”

“我问你他们的姓氏。”

“伯恩斯坦。”

“哦，这可是祸根！伯恩斯坦……咱们用伯坦吧。我这就给你用约瑟夫·伯坦的名字制造证件。来吧，跟我去照个相。”

在房间的一角有一个小板凳等我去坐下，我在画着蓝天森林的背景前摆好姿势。

彭斯神父给我梳了梳头，整理了一下衣服，然后要我看着照相机，一个带有皮老虎的体积巨大的木盒子架在几乎和人一样高的三脚架上。

这时，房间里闪过一道强光，令人张皇失措，使我觉得仿佛是在做梦。

我揉着眼睛，这时，玛塞尔小姐往皮老虎里插进另一块板子，闪光又出现一次。

“再来一次！”我要求道。

“不，两次就够了。我今天晚上就把它们冲洗出来。我希望，你身上没长虱子吧？反正，你得用这种洗剂好好洗一下。也没长疥疮？不管怎样，我会用刷子硫黄帮你擦身。还有什么呢？彭斯先生，几天后，我再把他还给您，这样行不？”

“我没问题。”

可我，这对我可一点儿都不行：想到独自和这个令我害怕的女人留下来。我不敢说，转而问她道：

“为什么你称呼他先生？该叫他‘我父’啊。”

“我想怎么叫就怎么叫。彭斯先生很清楚我讨厌神父，我生来对神父反感，一见到圣体面饼就恶心。我是药剂师，比利时第一个女药剂师啊！第一个拿到了文凭的！我上过大学，了解科学。所以‘我父’……让别人叫去吧！况且，彭斯先生并不为此怨我。”

“是的，”神父说，“我知道您是个好女人。”

她开始咕咕哝哝，仿佛这个“好”字带着过于浓郁的圣器室的气味。

“我不是好，我是正直。我不喜欢神父，不

喜欢犹太人，不喜欢德国人，可我不能容忍攻击孩子。”

“我知道，您喜欢孩子。”

“不，我也不喜欢孩子。可他们毕竟是人啊。”

“那么，这是因为您爱人类！”

“啊，彭斯先生，别再希望我爱什么东西了！这就是神父的措辞，这个。我什么都不爱，谁都不爱。我的职业是药剂师，也就是说，帮助人们活下去。我干我的活儿，仅此而已。行了，快，给我出去。我会好好照料这个淘气包，把他干干净净、完好无损地交还给您，带着能让他太太平平的证件，见鬼！”

她为了躲避长谈，溜之大吉。彭斯神父朝我弯下身子，对我低语道：

“‘见鬼’，这在村里已经成了她的外号。她比她的上校父亲还要爱说粗话。”

“见鬼”给我端来了吃的，帮我支起床铺，并且以不容分说的口吻命令我好好休息。那晚我入睡时，禁不住对一个骂起“见鬼”来像说顺口溜的女人感到某种钦佩。

我在令人害怕的玛塞尔小姐身边待了好几天。在地窖上的小药房操劳了一整天后，每天晚上，她就当着我的面，毫无顾忌地为制作我的假证件忙活。

“我给你算六岁，不是七岁，没问题吧？”

“我都快八岁了。”我表示异议。

“因此，你六岁。谨慎为好。谁知道这场战争会持续多久。你成年得越晚，就越没事儿。”

玛塞尔小姐提出问题的时候，回答是没用的，因为她是在问自己，只等着她自己的答复。

“你还要说，你父母都已过世。自然死亡。嗯，是什么病夺走了他们的生命呢？”

“肚子疼？”

“西班牙流感！暴发性流感。记住你的历史。”

当需要别人重复她杜撰的东西时，玛塞尔

小姐会突然侧耳聆听。

“我叫约瑟夫 · 伯坦，我六岁，我出生在安特卫普，我父母亲去年因为得了西班牙流感都去世了。”

“很好，喏，吃个薄荷糖。”

当我做得让她满意的时候，她就会做出一些驯兽人的动作，丢给我一颗糖，我得接住。

彭斯神父每天都来看我们，并不隐瞒他为我寻找接纳我的人家的困难。

“在附近的各个农场，‘靠得住的’人每家每户都已经接纳一两个孩子了。除此之外，有可能接纳的人在犹豫不决，婴儿也许更能打动他们的心，约瑟夫却大了，他七岁了。”

“我六岁，我父。”我大声嚷嚷。

为了褒扬我的介入，玛塞尔小姐往我嘴巴里塞了颗糖，然后，为教士的难处怒吼：

“彭斯先生，如果您愿意，我可以去威胁那些犹豫不决的人。”

“用什么？”

“见鬼！如果他们不接纳避难者，我就再没药给他们了！让他们张着嘴巴去死吧！”

“不，玛塞尔小姐，那些人必须是自愿去冒这个险的。他们有可能因为是从犯而蹲大牢……”

玛塞尔小姐朝我转过身来。

“去彭斯神父的学校里当寄读生你愿意吗？”

我知道回答是没用的，便一动不动，就让她说下去。

“把他收进黄色别墅，带在您身边吧，彭斯先生，即使那是他们搜寻隐藏儿童首先会去的地方。可有了我给他做的那些证件……”

“我哪有东西给他吃啊？我再也不可能找当局要一张补充供应票了。别墅里的孩子们全都营养不良，这您很清楚。”

“唔，没问题！镇长今晚要来这儿打针。这事儿交给我来办。”

晚上，玛塞尔小姐把药房铁帘子拉下来，做出那么大的动静，就像她炸掉了一辆坦克，然后来地窖里找我。

“约瑟夫，我可能需要你帮个忙。你上来待在大衣柜里，不许吱声，好吗？”

由于我没有回答，她发火了。

“我问你问题呢！见鬼,你傻了,还是咋的？”

“我愿意。”

门铃一响起，我便溜进挂着满是樟脑丸味儿的衣服中间，玛塞尔小姐则去把镇长引进后店堂。她帮他脱下华达呢大衣，挂在我的鼻子前面。

“封·德尔默齐先生，我越来越不好弄到胰岛素了。”

“啊，时势艰难……”

“实际上，下个礼拜我就无法再给您打针了。匮乏！缺货！完了！”

“我的上帝……那……我的糖尿病……”

“没办法啊，镇长先生。除非……”

“除非什么，玛塞尔小姐？说啊！我洗耳恭听呢。”

“除非您给我供应票。我可以拿它们去换您的药。”

镇长用惊恐的嗓音反对道：

“这不可能……有人监视着我呢……最近这几个星期以来，村里人口增加得太快了……您很清楚这是什么原因……我再去要求增加非引起盖世太保对我们的警觉不可……这个……这会给我们自己找麻烦……我们所有的人！”

“拿着这个棉球,使劲儿按住。再使点儿劲！”

她一面缠住镇长，一面走近我，在两扇柜门之间悄悄地，用急速低沉的语气对我说：

“拿上他大衣口袋里的钥匙，拿那串铁的，不是那串带皮套儿的。”

我怕自己没听懂。她猜到我的想法了？她从牙缝里挤出一句：

“快点儿，见鬼！”

她转回去给镇长包扎完毕，我则摸黑偷走了他那串钥匙。

病人走后，她把我从大衣柜里放出来，打发我去地窖，然后走进了黑夜。

第二天一早，彭斯神父就跑来告诉我们：

“战斗准备，玛塞尔小姐，有人去镇政府偷走了供应票！”

她搓搓双手。

“是吗？那是怎么偷走的？”

“盗贼们砸破了窗子，撬开了百叶窗。”

“看啊，镇长砸了他的办公楼？”

“您这话什么意思？是他监守自盗……”

“不，是我。用他的钥匙干的。可我，今天早上把钥匙放进他的信箱时，我就算准了，他会故意破坏设施，免得怀疑到他头上去。行了，彭斯先生，把这些票都拿去。这一摞是您的。”

尽管玛塞尔小姐脾气不好，不会笑，她的眼睛里却闪烁着快乐的光。

她搂住我的双肩往前推。

“行了！现在，你就跟神父走吧！”

他们帮我收拾起行李，归拢我的假证件，让我重复了我的假经历，我到达学校里的时候正值学生们用午餐。

黄色别墅坐落在小山顶上，像一只窝在那里的大猫。石头爪子上刻着台阶通往它的嘴巴，以前被涂上玫瑰红的大门，门口一张张瘪下去的长沙发伸出来像肮脏的舌头。楼层上两个椭圆形眼睑似的巨大的玻璃窗洞高居于大楼之上，死死地观望着栅栏和梧桐林之间的大院。屋顶上，两个密密树立铸铁的复折屋顶晒台让人联想到两只耳朵，而向左侧转弯的食堂楼则像尾巴。

说是“黄色”，其实别墅徒有此名。一百年的污垢、风吹雨打、磨损和孩子们抛在灰泥层上的球，损坏了它的皮毛，然后变成了条纹，使之快成了个昏昏欲睡的褐毛兽。

“约瑟夫，欢迎来到黄色别墅，”彭斯神父对我说，“从今以后，这里将是你的学校，你的家。这里有三类学生：回家吃午饭的走读生，留这儿用午餐的半寄读生和住在这儿的寄读生。你呢，你将是寄读生。我这就带你去寝室，看看你的床和壁柜。”

我想到这些闻所未闻的区分：走读生、半寄读生、寄读生。我喜欢认为这不仅是一种类别，而且是一种等级：从简单的小学生，经过半学生到完美的大学生。所以，我是一下子就进了高级班。前些日子的贵族身份丢了，我为人家给予我的这种额外的礼遇而高兴。

在寝室里，我看到了我的壁柜，我都快为此乐昏了。我从来没有过属于我的壁柜。望着这空着的隔板，我设想自己将在里面放上大量珍宝，完全没想到眼下我只有两张用过的有轨电车票可放。

“现在，我来给你介绍你的教父。每一个来到黄色别墅的寄读生都受一名年长者保护。鲁迪！”

彭斯神父叫了好几声“鲁迪”，没人答应。学监们回声似的重复着。接着，学生们也帮忙叫唤。经过长得让我受不了的好大一会儿，把整个学校闹了个底儿朝天，那个叫鲁迪的才冒出来。

彭斯神父答应给我找个“大高个儿”当教父，他没骗我。鲁迪高得不得了。他高得让人以为在他耷拉的肩膀后面有根线把他吊着呢，他的双手双脚悬挂在空中，无精打采，关节都脱了臼，而他的脑袋朝前轻轻摆动，沉重，他有一头过于浓密、过于僵直的深棕色头发，似乎在为长在这颗头颅上感到惊讶。他缓缓前行以说明自己得了巨人症，就像一个漫不经心的恐龙在说：“不用担心，我很温和的，我只吃草。”

“我父找我？”他用低沉然而柔弱的声音

问道。

“鲁迪，他便是约瑟夫，你的教子。”

“啊，不，我父，这不是个好主意。”

“你无权反对。”

“这娃娃看上去挺好的……他不该接受我。”

“我让你负责带他参观学校，并且把守则给他讲清楚。”

“我？”

“你老是挨罚，我想你对守则比谁都清楚。第二次打钟，你把你的教子送去小班。”

彭斯神父说完就走了。鲁迪打量了我一下，就像打量一堆让他搬走的木柴，然后发出一声叹息。

“你叫什么名字？”

“约瑟夫·伯坦。我六岁。我出生在安特卫普，我父母亲得西班牙流感死了。”

他朝天抬起双眼。

“不要背书啦，你要是想让别人相信你，就

等着人家问你再回答。”

我为自己的笨拙恼羞成怒，采用苏利伯爵夫人的建议，直截了当地发动攻击：

“你为什么不想当我的教父？”

“因为我有毒眼。如果在小扁豆里有块石头，那是给我的。如果有把椅子得垮掉，那是在我坐上去的时候。如果有架飞机落下来，它将落到我的头上。我生就倒霉，还带给人霉运。我出生那天，我父亲丢了工作，我母亲开始哭泣。你要是让我照看一朵花儿，花儿会枯萎。你要是借给我自行车，自行车会炸胎。我长着死亡的手指。星星看到我就发抖。至于月亮，它也会感到害怕。我是万能祸根、错误、灾难、活着的霉运，真正的 schlemazel[①]。”

他的嗓门因为激动，像打水漂似的从低沉渐渐转向高亢，随着他一个接一个的怨诉，我笑得再也直不起腰来。最后我问道：

---

① 意第绪语，不幸的人的意思。

“这里有没有犹太人？”

他愣住了。

“犹太人？在黄色别墅啊！一个都没有！绝对没有！你为什么问我这个问题？”

他抓住我双肩，端详了我一下。

“约瑟夫，你是犹太人吗？”

他严峻地仔细察看着我。我知道他在测试我能否沉着冷静。在他冷峻的目光下，似乎有一种恳求：“撒个谎吧，拜托，给我个漂亮的谎言吧。”

“不，我不是犹太人。”

他松开我，放心了。我继续说道：

“再说，我连犹太人长什么模样都不知道。”

“我也不知道。”

“他们像什么样儿呀，鲁迪？”

“鹰钩鼻子，鼓眼睛，耷拉着下嘴唇，加上一对招风耳朵。”

“好像他们长一双蹄子，不是脚，屁股上还

夹条尾巴。”

“这还得眼见为实，”鲁迪严肃地说，“总之，现在这时候，一个犹太人便是首先要驱逐和逮捕的人。约瑟夫，你不是犹太人，这就太好了。”

“鲁迪，你不是犹太人，这也太好了。不过，你还是得注意，小心别说意第绪语，不要说 schlemazel，要说不幸的人。”

他一个哆嗦。我微微一笑。各人戳穿了对方的秘密，从此，我们就能成为推心置腹的同谋了。他让我用手指、手掌和手肘做了个复杂的圈，然后往地上啐了一口。

“去参观黄色别墅吧。”

他很自然地把我的小手握在他火热的大手里，好像我们已是多年的兄弟了，他为我揭示我将度过几年的那个小天地。

“你真的不觉得，”他用牙齿缝里挤出来的嘘嘘声说道，“我长了副受害者的嘴脸吗？”

“你要是学会用梳子梳理一下头发就会完全

变了。”

“那我的怪相呢？你看到了我的怪相吗？我的两只脚大得像驳船，手长得像网球拍。”

“那是因为它们比其他部位长得早，鲁迪。”

“我细胞剧增，我在长大！变成笑柄可不是走运的事情！”

“身材高大，这能赢得别人的信任。”

“是吗？”

“而且还能吸引女孩子的目光。”

“是吗……你会承认，必须是该死的schlemazel才会自称schlemazel！”

“鲁迪，你缺少的不是机遇，而是大脑。”

我们的友谊便是这样开始的：我当即把我的教父置于我的保护之下。

第一个星期天，九点钟，彭斯神父叫我去他的办公室。

“约瑟夫，我很遗憾，我想让你和别的寄读

的孩子们一起去做弥撒。”

“行。您干吗感到遗憾？”

“你不觉得不快？你要去的是天主教堂，不是犹太教堂啊。”

我给他解释说，我父母难得去犹太教堂，我怀疑他们恐怕都不信上帝。

“这都无关紧要，”彭斯神父最后说，“你想相信什么就相信什么，以色列的上帝，基督徒的上帝，或者什么都不信都成，只是在这儿，你得表现得和大家一样。我们这就去村里的教堂。”

“不是在花园尽头的小教堂吗？”

“它已经废弃，改作他用了。再说，我想让村里人认识我羊群里的每一头羊。”

我跑回寝室里去做准备。让我去做弥撒我干吗这么激动？也许我感觉到了成为天主教徒大有好处，它能保护我。更有甚者，这样我便正常了。目前，作为犹太人，意味着父母没能力抚养我，拥有一个最好改掉的姓名，不断控制我的情感和尽说谎话。那么,有什么好处呢?我非常想成为一名天主教孤儿。

我们穿着蓝色呢校服，按照个子从高到矮排成两路纵队走进晨涞，我们踩着一首童子军军歌的节拍跨出步子。在每栋住房前，都有善意的目光投到我们身上。他们向我们微笑。他们向我们友好地挥手。我们,彭斯神父的孤儿们,构成了星期天的一个亮点。

只有玛塞尔小姐，站在她的药房门口，那样子似乎随时准备咬人。当我们押队的教士，从她面前走过的时候，她忍不住嘀咕：

“向欺骗性宣传开路啊！用子虚乌有喂养他们啊！给他们抽鸦片吧！您以为能让他们得到宽慰，其实这些药物都是毒品！首推宗教！”

“玛塞尔小姐，您好啊，”彭斯神父面带笑容回答道，“愤怒使您美极了，每个星期天都如此啊。”

赞誉之词使她大吃一惊，她怒不可遏地躲

进店里，把门拉上，拉得那么急，差一点儿把能报时的时钟砸了。

我们的队伍走进教堂大门，门上雕刻着令人惴惴不安的图像，这是我生平第一次看清楚天主教教堂。

鲁迪事先已经告诉过我该做什么，所以，我知道该把手指在圣水缸里浸一下，在胸前画个十字，然后，迅速完成一个下跪动作，走上中间通道。在我前面的人牵动，后面的人推动下，我惊恐地发现该轮到我了。在碰到圣水的时候，我害怕会在墙壁间响起一个声音，愤怒地大喊："这个孩子不是基督徒！让他出去！他是犹太人！"这个声音没有响起，水在我的接触下泛起涟漪，贴着我的手停留在那里，清新又纯净，沿着我的手指滴落。受此鼓舞，我在胸前画了个很是对称的十字，我在同学们已经做过的地方弯了弯膝盖，然后，上前和他们一起坐在椅子上。

“我们现在来到了上帝的家，”一个尖细的声音扬起，“主啊，感谢你在自己家里接待我们。”

我抬起头，要说是个家，这确实像个家！不是随便什么人的家！一栋没有门的房子，屋里没有隔墙，从来不打开的彩绘玻璃窗，毫无用处的支柱和一重重圆形的天花板。干吗把屋顶做成弧形的？还那么高？没有一盏吊灯？干吗在本堂神父周围大白天还点上那些蜡烛？我扫视四周，确认那里的位子足够我们所有人坐的。可是，让上帝坐哪儿？还有，三百个人挤在这个寓所的方砖地上，他们为什么就占那么一点儿位置？我们周围那个空间留着干什么用？上帝在他的寓所里的什么地方？

墙壁在颤动，这些颤动变成了音乐，那是管风琴在演奏。高音听得我耳朵痒痒的，低音扰得我屁股坐不住。旋律展开，宽厚，慷慨。

我恍然大悟：上帝便在那儿。就在我们周围，无处不在。就在我们上面，无处不在。震颤的空气，歌唱的空气，在拱穹下跳跃的空气，在圆顶下弓起背的空气，那便是他。浸润玻璃色彩的空气，闪光的空气，绚丽多彩的空气，带着没药、蜂蜡、百合糖香味的空气，那便是他。

我心里感到充实，感到激动。我深深地呼吸着上帝，我快昏厥了。

礼拜仪式在继续进行。我一点儿都不懂，我懒洋洋地观望着仪式，感到震慑。当我使劲儿想听懂那些话语时，词语超出了我的智力能及的范围。上帝是一个人，接着成了两个，父亲和儿子，有时变成了三个，父亲、儿子和圣灵。圣灵是谁？姑表亲？突然，可怕，他变成了四个！晨涞的本堂神父刚往里边加了个女人，圣母玛利亚。我被这突如其来的神的分身搞糊涂了，我撇开这搞不清楚的亲缘关系投身到歌咏之中，因为我喜欢加入我的声音。

本堂神父宣布分发圆饼的时候，我正准备自动排到队伍的后面，这时，我的同学们把我拉住了。

“你还没有这个权利。你太小了。你还没有领过圣体。”

虽说感到失望，我还是松了口气，因为，他们拦住我，不是以我是犹太人为理由，说明这一点应该还没被看出来。

返回黄色别墅后，我跑去找鲁迪，想和他分享我的激情。由于我从没去看过戏或听过音乐会，我把天主教仪式和观剧的乐趣结合起来了。鲁迪友好地听我叙述，然后点点头。

“可你还没见到最好的东西呢……”

“什么？”

他上楼在他的壁柜里拿了样东西，然后，向我打个手势，让我跟他到花园里。我们在一棵偏僻的栗树下，躲开众人好奇的目光，盘腿席地而坐。他把那东西递给我。

那是个麂皮的弥撒经本，柔软的皮子摸上去给我超乎现实的感觉，书页的镀金切口令人联想到祭台上的金饰，丝绸书签带让人想到教士的绿色祭袍，从这本书的书页里，书签带之间，他拿出几张绝妙的卡片。几张卡片上都是同一个女人，尽管脸相、发型、眼睛和头发的颜色有些变化。从哪儿看出来是同一个女人呢？从她前额放出的光芒，从她清澈的眼神，从她肤色白得不可思议和两颊上擦的红粉，从她身上穿着的朴素的皱褶长裙，端庄，光彩夺目，至高无上。

“她是谁？”

“圣母玛利亚。耶稣的母亲。上帝的妻子。”

毫无疑问，她本质上属于神。她光芒四射。出于感染，就连卡片都不再像纸的，倒像是用奶油夹心烤蛋白做的，用耀眼的蛋白打成雪花，在凹陷和鼓起的地方浇上图案，给娇艳的蓝色和飘逸的粉红色加上花边，比晨曦拂过的云彩更轻盈的菘蓝色花边。

“你认定这是金的？”

“当然是。”

我用手指轻轻抚过围在那张平静的脸庞周围的头饰。我在触摸金子呢。我抚摸着玛利亚的帽子。耶稣的母亲让我这么做。

眼泪也不打声招呼便夺眶而出，我任由自己滑落在地上。鲁迪也和我一样。我们轻轻地哭泣，初领圣体者的卡片紧贴着胸口。我们各自思念自己的母亲。她在哪儿？此时此刻，她也像玛利亚一样感受泰然吗？她脸上是不是也挂着我们一抬头就能看到，我们看到过上千次的这种慈爱，我们在这些卡片上又看到了的慈爱，还是悲伤、焦虑和绝望？

我透过枝丫扫视穹苍，轻轻哼起母亲的摇篮曲。下面两个八度音，鲁迪嘶哑的嗓门和了进来。彭斯神父发现我们的时候就是这样，两个孩子对着玛利亚纯真的图像哭泣，低声吟唱着意第绪语儿歌。

鲁迪一感到神父来了，拔腿就跑。十六岁

了，他比我更怕别人笑话。彭斯神父前来我身边坐下。

“你在这儿不觉得很不幸吧？”

“不，我父。”

我咽下泪水，力求让他喜欢。

“我挺乐意做弥撒。我高兴这星期去上了教理课。”

“那就好。”他并不是很相信地说道。

“我相信将来我会成为天主教徒。”

他慈祥地望了望我。

“约瑟夫，你是犹太人，即使你选择了我的信仰，你仍然是犹太人。”

“犹太人，这意味着什么？”

“被选上了的。几千年前被上帝选上了的民族的后裔。”

“他为什么选上我们？因为我们比别人好，还是不好？”

“既不是好，也不是不好。你们既没有特别

的长处，也没有特别的缺陷。落到你们头上了，仅此而已。”

“什么东西落到我们头上了？”

“一个使命。一种职责。向人们证明上帝只有一个，并且通过这个上帝迫使人与人互相尊重。”

“我觉得这件事做砸了，不是吗？”

神父没有作答。我接着说道：

“如果说我们被选上了，那是被选作靶子。希特勒想要我们的命呢。”

“也许是这个原因？因为你们是他展开野蛮行为的一重障碍。上帝给予你们的这个使命挺怪。不只是你们民族。你知道吗，希特勒也很想摆脱掉基督徒啊。”

“他做不到，基督徒太多了。”

“暂时的，他被阻止了。他在奥地利试过，很快就停了下来。可这是他计划的一部分。犹太人，然后基督徒。他从你们开始进攻，将以我们而告终。”

我明白了，神父行为的动机是团结的愿望，不只是出于善良。这让我稍稍放心。这时，我又想到苏利伯爵和夫人。

“我父，告诉我，既然我是一个有几千年历史的可尊敬的人种的后裔，那就是说，我是贵族？”

他感到突然，停了一会儿，然后，喃喃说道：

“是的，当然，你是贵族。”

“我正是这么觉得。”

我的直觉得到肯定使我平静下来。彭斯神父接着说：

“在我看来，所有的人都是贵族。”

我忽略了这个补充说法，只把让我满心欢喜的那部分记住了。

离去之前，他拍拍我的肩膀。

“我这话也许会让你不痛快，可我不愿意你对基督教义和礼拜太感兴趣了。就满足于最低限度吧，好吗？”

他走开了，把我留在愤愤不平之中。就这样啊，因为我是犹太人，我就真的没有权利进入正常的世界了！他们只是用手指尖给我挑了那么一点点。我不能全部地拥有它！天主教徒们不想接受外人，一群伪君子和撒谎者！

我怒不可遏，跑去找到鲁迪，爆发出对神父的愤慨。他没有劝说我冷静，却在鼓励我和他拉开距离。

“你不信就对了。这个家伙，他并不明朗。我发现了他有个秘密。”

“什么秘密？”

“另一种生活。隐蔽的生活。见不得人的生活，肯定是的。”

“什么？”

“不，我完全不应该说的。”

我不得不纠缠着鲁迪不放，直至晚上，他被我缠不过了，终于对我说出被他发现的事情。

每天晚上，熄灯以后，寝室门关上了，彭斯神父悄无声息地走下楼梯，小偷似的小心翼翼打开后门，出大楼走进学校花园，要到两三个小时后才回来，他让自己房间里的小灯一直点着，好让人以为他在房里。

鲁迪发现了几次，然后核实了这种来回，那时，他正溜出寝室去厕所抽烟。

“他去哪儿了？”

“我一无所知。我们没权利走出别墅啊。”

“我去跟踪。”

“就你啊！你才六岁！”

“实际上，七岁。快八岁了。”

“你会被开除的！”

“你以为他们会把我送回家去？”

尽管鲁迪大声嚷嚷着拒绝成为我的同谋，我还是强行夺来了他的手表，并且焦急地等待着夜晚来到，甚至都不用和睡意做斗争。

九点半钟，我悄悄从床铺间穿过去，直至走廊，我躲在大炉子后面，看到彭斯神父下楼去，像个影子似的静悄悄沿墙边走去。

他鬼魂似的迅速打开后门一道道鼓起的门闩，来到门外。我为了不让门扇发出嘎嘎声迟了一步，差点儿丢失他游走在林木间的细长的身影。这还是同一个人吗，这个可敬的教士，孩子们的救星？他现在步履匆匆地走在半明不暗的月光下，比狼还轻灵，绕过灌木丛和树桩，而我，却在灌木丛里，树枝扎着我没穿木鞋的光脚丫。我哆嗦着怕和他拉开距离，更怕把他给跟丢了。那天晚上，他显得像和魔怪为伍的不祥的创造物。

他在花园尽头的一片空地上放慢脚步。围墙高耸。那里，被废弃的小教堂旁边，有一个低矮的铁门，门外便是公路，这是唯一的进出口。对我来说，跟踪只能到此为止，我绝不敢穿着睡衣，双脚冰冷，跟进黑乎乎的陌生的田野。然而，他走向小教堂，从道袍下摸出一把极大的钥匙，打开门，进去后急速反锁在里面。

原来这便是彭斯神父的谜吗？晚上，他独自一人不声不响地跑到花园尽头来做祷告？我感到失望。再没有比这更无意义的事情了！再没有比这更不浪漫的了！我冷得发抖，脚上湿漉漉的，只好回去算了。

突然，那扇小门打开了，从外面进来一个不速之客，背上背了个大袋子。他毫不迟疑地走向小教堂，轻轻地有节律地敲了好几下门，那大概就是暗号。

神父打开门，和陌生人低声交谈了几句，收起袋子，然后重新把门闩上。陌生人当即走了。

我待在树后面发愣。神父在做什么买卖？他那个袋子里收的什么东西？我在苔藓上坐下，背靠着一棵橡树，决定等下一个来送货的人。

寂静的黑夜中四处传来噼啪声，就像有一种焦虑的火在渐渐烧毁它。爆裂声不期而起，没有下文，没有道理，短促的撕裂，和随之而来的无言的痛苦一样莫名其妙的呻吟。我的心跳得太快了。一把虎钳在夹紧我的头颅。我的恐惧带上了发烧的外形。

只有一样东西在宽慰我，那就是走得咔嚓咔嚓响的手表。鲁迪的手表，它不受黑暗的影响，在我的手腕上，沉着地、友好地继续标出时间的进程。

午夜时分，神父走出小教堂，他细心扣上门扉，然后朝别墅方向走去。

我差点儿在半路上把他拦住，我累得一点儿劲儿都没有了，可他在林木间走得那么快，我没来得及。

回去路上，我不像来的时候那么小心。我好几次踩断了枯枝。每次听到断裂声，神父便站住，警惕不安地扫视黑暗。到达别墅后，他进去，然后，嘎嘎响地闩上门闩。

我被关在寄读学校的外面了，这可是我不

曾预料到的！大楼阴郁、浓重，不友好地挺立在我面前。寒冷和守夜已经耗尽我的精力。这可怎么办？不只是明天，他们会发现我夜不归宿，现在让我去哪儿睡觉？明天早上，我这条小命还活着吗？

我坐在台阶上，哭了起来。哭一哭至少让我暖和一些。悲伤指使我做出行动：去死吧！是的，这是最高尚的行为，就在这儿，马上就去死。

一只手搁在我的肩上。

“走吧，赶快回去！”

我吃了一惊。鲁迪一脸苦相斜视着我。

“我没看到你跟在神父后面上楼，就知道你遇上麻烦了。”

尽管他是我的教父，尽管他身高两米，我要想保持我的权威，就得领导他刻苦地生活，可我还是扑进他怀里，就这掉几滴眼泪的时间里，我承认了我才七岁。

第二天，课间休息时，我把我发现的一切统统告诉了鲁迪。他摆出很在行的样子，做出判断：

“黑市交易！他和大家一样，也在做黑市交易。就这么一回事儿。”

“他袋子里收的什么东西？”

“吃的东西，见鬼！”

“他干吗不把袋子扛这儿来呢？”

鲁迪在这个难题上被卡住了。我接着说：

“还有，他为什么要在没一丝光线的小教堂里待上两个钟头？他在干什么？”

鲁迪扣着蓬乱的头发寻找答案。

“我不知道，这个……也许，他在吃袋子里的东西吧！”

“彭斯神父瘦成这副样子，他会吃上两个小时？那么大的一袋子？你相信自己说的话吗？”

“不信。”

这一天，一有机会我就观察彭斯神父。他

隐藏着什么秘密？他竟能表现得如此的若无其事，使我感到害怕。他怎么能伪装到这种程度？人怎么能有如此大的欺骗性？何等可怕的伪善啊！他是不是穿着道袍的魔鬼呢？

晚餐前，鲁迪高高兴兴地朝我蹦跳着走过来。

“我找到原因了：他参加了抵抗运动。他在废弃的小教堂里大概藏了一部电台。每天晚上，他去那儿接收情报，然后转发出去。”

“你说得对！”

这个想法当即使我兴高采烈，因为它救出了彭斯神父，为去苏利家接我的英雄平反昭雪。

暮色中，彭斯神父组织了一场小型球赛。我没有上场，就想好好欣赏欣赏他，自由、和蔼可亲、笑容可掬地活动在受他保护、免遭纳粹毒手的孩子们中间的样子。在他身上看不到丝毫魔鬼附身的迹象。唯有彰然的善良。这是显而易见的。

接下来的那些日子我睡得好一些。因为，从我进寄读学校以来，我每天晚上都害怕。在我的铁床上，裹着冰冷的被子，我们寝室沉重的天花板下，褥子窄得让我的骨头撞在钢丝床绷的弹簧上，虽说我们一个寝室里睡着三十个同学和一名学监，我却觉得比任何时候都孤独。我怕睡着，甚至，我不让自己睡着，而就在我苦苦挣扎的这段时间里，我不喜欢我的同伴。更有甚者，我讨厌他们。我肯定是个肮脏的破烂，虱子、牛粪都不如。我虐待自己，吼自己，我下决心要给自己可怕的惩罚。“你要是听任这样下去，那就让你把最漂亮的红玛瑙弹子，送给你最讨厌的男孩。喏，给费尔南！”然而，再威胁也没用，我还在屈从……我独自一次次上厕所，早上醒来，屁股贴着一摊温热、潮湿、散发出沉重的干草切断后的气味的斑迹，一开始，我还喜欢接触，喜欢那种味道，甚至喜欢在上面打滚，一直到脑子清醒过来，恐怖，我又尿床了！使我更感到羞愧的是前些年我早就做到干干净净的了。而黄色别墅使我退步，我弄不懂是什么原因。

有几个晚上，也许是因为进入睡乡前，头搁在枕头上时，我想到的是彭斯神父的英雄行为，我成功地控制住了我的膀胱。

一个星期天下午，鲁迪神秘兮兮地朝我走来。

“我有钥匙了……”

“什么的钥匙？”

“当然是小教堂的啊。”

我们这就能核实我们的英雄的活动了。

几分钟后，我们气喘吁吁，然而热情高涨地进入了小教堂。

教堂里面空无一物。

没有椅子，没有跪凳，也没有祭坛。什么都没有。涂上灰泥的墙壁。地上积满灰尘。干瘪硬化了的蛛网。什么都没有。一栋疲惫不堪的没了价值的楼。

我们不敢互相张望，就怕看到对方脸上的失望肯定了自己的失望。

“咱们爬钟楼上去。有电台的话，那也是在高处。”

我们蜗牛似的急急爬着楼梯。上面等着我们的却只有一些鸽子粪。

“这毕竟是不可能的！”

鲁迪跺着脚。他的假设破碎了。神父逃脱了我们的追踪。我们没能围住他的秘密。

对我来说，更为严重的是我再也不能认定他是个英雄了。

“咱们回去。”

重新穿过树林的时候，这个问题让我烦躁不安：神父每天晚上来这没有灯光、四壁空空的地方干什么？我们没有交换一句话。我做出了决定：我要揭开这个秘密，一天都不能再等了，要不，我会又开始在褥子上开运河的。

夜晚。景物一片死寂。鸟儿都不叫了。

九点半钟，我驻守在别墅楼梯上，比上一次穿得更厚实些，脖子上加了条围巾，木鞋包上我从修缮房偷来的薄毛毡，免得发出声响。

影子迅速下楼，走进花园，花园里，黑暗抹去了所有的形状。

一到小教堂，我便跳进空地，并且在木门上敲响了暗号。

门刚打开一点儿，我不等反应便溜了进去。

“怎么……”

神父没来得及看清楚我是谁，他就看到掠过一个比平时细小的影子。他习惯性地在我身后关上了门。我们俩陷入半明半暗之中，看不清对方的脸，甚至连轮廓都看不清楚。

“谁在那儿？”神父大声问道。

我为自己的大胆感到慌乱，没答上来。

“谁在那儿？”神父重复道，这一回的语气有些咄咄逼人。

我想逃跑。嚓的一声，燃起一簇火焰。彭

斯神父受惊、扭曲、忐忑的脸显现在火柴光后面。我后退一步。火焰凑了上来。

“怎么？是你吗，约瑟夫？”

“是的。”

“你怎么竟敢离开别墅？”

“我想知道您在这儿干什么。”

我用一个长句子一口气告诉他我的怀疑，我的跟踪和问题，空无一物的教堂。

“马上回寝室去。”

“不。”

“听我的话。”

“不。您不告诉我您在做什么，我就大叫，您的同党将会知道您办事不谨慎。”

“这是讹诈，约瑟夫。”

这时，门敲响了。我不再吱声。神父打开门，探出头去，秘密交谈几句，接过袋子。

地下送货人走远了，我才下结论说：

“您看到了，我没吱声。我是和您站在一边

的，不是反对您的。”

“我容不得间谍，约瑟夫。”

云不再遮住月亮，蓝色的月光泻进房来，把我们的脸照成了灰黄色。我突然觉得神父太瘦太长，像用木炭在板壁上画的问号，几乎就是纳粹张贴在我们那个地区墙上的犹太恶人的漫画。他微微一笑。

“啥都不管了，来吧！”

他抓住我的手，带我走向小教堂的左面开间，移开那里一张因为污垢而变得硬板板的旧地毯。地上出现了一个铁环。神父把它往上提起。一块盖板打开了。

一级级阶梯通往黑色的地底下。在第一级上就有一盏油灯等着我们。神父点亮了油灯，命我跟着他，慢慢走进地道口。

“在一座教堂下面会有什么呢，我的小约瑟夫？”

“地窖吗？”

“埋葬死人的地下室啊。”

我们下到最后一级。从深处飘来清新的蘑菇味儿。泥土的气息吗？

“那么，在我的地下墓道里会有些什么呢？”

“我不知道。”

“一个犹太教堂。”

他点亮了几支蜡烛，于是，我发现了神父布置的秘密犹太教堂。在一袭有许多绣花布制作的大麾下，他保存着摩西五经的羊皮抄卷，一张很长很长的羊皮纸，上面密密麻麻布满了神圣的文字。一幅耶路撒冷的照片，标着在什么地方转弯祈祷的方向，因为，祈祷正是从那座城市传给上帝的。

在我们身后，一个个隔板上堆着大堆东西。

“这是什么？”

“我的收藏品。”

他指了指一些祈祷书，神秘的诗歌，犹太教教士的点评，七分叉或九分叉的烛台。在一台留声机旁边有一摞黑蜡膜板。

“这些碟子是什么？”

“祈祷音乐，意第绪语歌曲。你知道人类历史上第一位收藏家是谁吗，我的小约瑟夫？”

“不知道。”

“是诺亚。”

“不了解。”

“在很久很久以前，大雨滂沱，不停地下着。暴雨淋垮了屋顶，撕裂了墙壁，冲毁了桥梁，淹没了道路，江河都涨满了。大水冲走了村庄和城镇。幸存下来的人们爬到山顶上筑垒固守，那里，最初还有可靠的藏身之处，后来，在水流和渗透的作用下出现了裂缝，碎成了块块。有一个人，他叫诺亚，他预感到了我们的星球将完全被水淹没，便着手进行收藏。在他儿女们的帮助下，他设法找到每种生物的一公一母，一只公狐狸和一只母狐狸，一只公老虎和一只母老虎，一只公野鸡和一只母野鸡，一对蜘蛛，一对鸵鸟，一对蛇……只是把鱼和海洋哺乳动物撇开不管，它们在扩大的海洋里倒是大量繁殖了。同时，他建造了一艘非常大的船，而当水淹到他那儿的时候，他便把所有的动物和剩下的人搬到他的船上。诺亚方舟在桑田变成的无边无际的大海洋面上毫无目的地航行了好几个星期。后来，雨停了。水慢慢降落。诺亚担心再没有东西给他方舟上的居民食用，便放出一只白鸽，白鸽回来了，嘴里叼着翠绿的橄榄枝，意味着已有山脊露出在波涛上。他明白自己赢了这疯狂的一搏：拯救了上帝所有的创造物。”

“为什么上帝不亲自来搭救他们？他不在乎？还是出去度假了？”

“上帝一劳永逸地创造了天地万物。他制造出了本能和智慧，好让我们不用他介入自己解决问题。”

“诺亚是你的榜样吗？”

“是的。我像他一样在进行收藏。我童年的

时候曾在比属刚果生活，我父亲是个官员；那时，白人很瞧不起黑人，我便开始收集当地物品。”

“它们现在在哪儿？”

“那慕尔博物馆。今天，多亏了那些画家，这都成了时尚，人们称之为‘黑人艺术’。我眼下进行两种收藏：茨冈物品收藏和犹太物品收藏。希特勒想要毁灭的一切。”

“把希特勒杀掉不更好些吗？”

他没有回答我的问题，把我带向那几大堆东西前。

“每天晚上，我便偷偷躲在这儿思考犹太教经书上的问题。而白天，我则在办公室里学习希伯来语。世事难料啊……”

“什么东西难料啊？”

“如果大雨继续下下去，如果天地间再没有讲希伯来语的犹太人，我将会教你，你再把它传下去。”

我颔首应诺。对我来说，鉴于时间很晚了，

地下墓室神奇的背景在颤抖的烛光下像阿里巴巴摇曳的洞穴，这既像是现实，又像是游戏。我用喇叭般响亮的声音热烈欢呼：

“那就好像您是诺亚，而我是您的儿子？”

神父感动了，在我面前跪下。我觉得他是想吻我，可他不敢。那真好。

“我们来做笔交易，好吗？你，约瑟夫，你假装是天主教徒，而我则假装是犹太教徒。你去望弥撒，上教理问答课，在《新约》里学耶稣的故事，而我，则来给你讲述托拉[①]、密西拿[②]、律法书，我们将一起描画希伯来语字母。好吗？”

“一言为定！”

---

① 托拉，犹太教名词，广义泛指上帝启示给以色列人，即人类的真义，狭义则指《旧约》的首五章，又称律法书或摩西五经，诵读律法书是犹太教礼拜仪式的一项重要内容。

② 密西拿，犹太教经籍，希伯来文原意是“反复教导”，是继《圣经》后历史最悠久的权威性口传律法汇编，由许多学者在两个世纪内陆续编纂，最后由犹大亲王总汇而成。其内容是自先知以斯拉时代（约公元前 450 年）以来的若干口传律法的诠释。

“这是我们的秘密，秘密中最大的秘密。我和你，谁泄漏这个秘密就得死。发誓？”

“发誓。”

作为誓言，我重复了一遍鲁迪教我的那套复杂的动作，并且吐了口口水。

从那晚起，我得以在彭斯神父身边过着双重的地下生活。我把我夜晚时的出行瞒过了鲁迪，并且设法把他的注意力转移到厨师帮手罗莎身上，使他对神父的行为不再有那么多的疑问。罗莎是个十六岁的漂亮的金发女孩，懒洋洋的，她还帮着管账。我信誓旦旦地说，每当鲁迪不望着她的时候，她便盯着鲁迪看。鲁迪一头扎进陷阱，迷上了罗莎。他喜欢为够不着的爱情唉声叹气。

在这段时期，我在学习二十二个辅音和十二个元音构成的希伯来语，尤其是我发现了在公开的外表下，指导我们学校的真正的训诫。彭斯神父在校规上耍了个手法，使我们遵守安息日法则[1]，规定星期六休息。我们要到星期天，晚祷后，才能做作业和学习课程。

“对犹太人来说，每星期从星期天开始，对基督徒来说则是星期一。”

“怎么会是这样的呢，我父？”

“在犹太人和基督徒都该读的《圣经》里写着，上帝在创造世界时，工作六天，第七天休息。我们应该仿效他。按照犹太人的观点，第七天是星期六。后来，基督徒为了区别于不愿意承认耶稣是救世主的犹太人，确定了第七天是星期天。”

“谁对谁错呢？”

“这有什么要紧？”

“上帝，他就不能说说他对世人的看法？”

“重要的不是上帝对世人的看法，而是世人对上帝的看法。”

---

① 摩西律法规定星期六为一周的第七天，即休息天。与基督徒的星期天为休息天不同。

“是吧……我就觉得，上帝辛苦了六天，以后，再也没干什么！”

我感到气愤的时候，神父却哈哈大笑。我什么时候都在寻求缩小两个宗教之间的差异，希望把它们合二为一；他却总在阻拦我把它们简单化。

“约瑟夫，你恐怕很想知道在这两个宗教中，哪一个是真的吧。然而，哪个都不是！没有哪个宗教是真的或是假的，它只是提出一种生活方式而已。”

“如果宗教都不是真的，您让我怎么尊重它们呢？”

“如果你只尊重真理，那么，你将没什么东西能尊重了。二加二等于四，将是你唯一的尊重对象。除了这个，你能遭遇的尽是些不确定因素：喜怒哀乐、规范准则、价值、选择，全都像易损坏的摇摇欲坠的建筑物。没一点儿东西是肯定的。该尊重的不是已经得到证实的东西，而是被提出来的东西。”

十二月份，神父使用了两面手法，使我们得以同时欢庆基督徒的圣诞节和犹太人的再献圣殿节[①]，这一重复只有犹太孩子猜到了。一方面，我们纪念耶稣的诞辰，我们装饰起村里的马槽和参加祭礼。另一方面，我们得在一个“蜡烛车间”里干活，学习怎样准备烛芯、熔蜡、着色和浇铸蜡烛。晚上，我们便把我们的作品点上搁窗台上；就这样，基督教的孩子们得到了他们努力的报偿，而我们这些犹太人的孩子则能偷偷地完成再献圣殿节的仪式，过这个光明节，要求施舍和黄昏时点燃蜡烛的游戏和互赠礼物的节日。我们这些犹太孩子……我们在黄色别墅里有多少人？谁是？这个问题除了神父谁都不知道。当我怀疑到某个同学的时候，我禁止自己想得更远。撒谎和任凭撒谎。我们

---

① 犹太教节日，又称光明节，纪念公元165年耶路撒冷第二圣殿重新献给上帝。这个节日也在公历12月，共八天。节日期间互赠礼物并点燃蜡烛。

每个人的得救就由此而来。

一九四三年，警察好几次闯进黄色别墅。每次都有一个某年龄班的同学受到身份检查。我们的证件，不管是真是假都还管用。有条不紊地搜查我们的壁柜也没让他们抓到什么把柄，谁都没被带走。

然而，神父还是提心吊胆。

“眼下来的还只是比利时警察，我认识这些小伙子，要不，至少认识他们的父母，他们看到我在，便不敢做得太过分。可我听说，盖世太保还要进行突击搜查……”

然而，每次紧张过后，生活便恢复常态。我们吃得很少很差，板栗、土豆，漂着几片萝卜的汤，餐后甜点是冒热汽的牛奶。我们这些寄读生都已习惯了，每当有邮递员给谁送来包裹，我们就去撬他的壁柜；就这样，有时候就能发现一盒饼，一罐果酱或蜂蜜，这时就得尽快把它们放进肚子里去，免得再被偷走。

春天，在他反锁上的办公室里，彭斯神父给我上希伯来语课，他的心思总是集中不了。他双眉紧锁，甚至再也听不进去我的问题。

“您怎么啦，我父？”

“领圣体的时候快到了，约瑟夫。我担心着呢。让学校里到了年龄的犹太寄读生和基督徒一起领圣体是不可能的。我没有这个权利。对他们不行，对我的信仰而言也不行。这是渎圣罪。你让我该怎么办？”

我毫不迟疑，脱口而出：

“找玛塞尔小姐问问。”

“你为什么这么说？”

“如果还存在着有谁耿耿于阻止领圣体，这个人便是‘见鬼’，不是吗？”

他被我的建议逗笑了。

第二天，我便有权陪同神父去了晨涞的药房。

“这娃娃，多可爱，”玛塞尔小姐望着我嘀

咕道，“给，接着！”

她丢给我一个蜂蜜圆糖。

就在我的牙齿和这块圆糖奋战不休的当儿，彭斯神父向她陈述了我们的处境。

“见鬼，没问题，彭斯先生，我来助您一臂之力。他们一共有几个？”

“十二个。”

“您就说他们病了！哗啦啦！十二个人住进医务室。”

神父思索了一下。

“他们会注意到这些人不在，事情不就更明显了。”

“只要说发生了传染病……”

“那也不行。人家还是会怀疑。”

“那么，就得加上一两个怀疑不到他头上的人。喏，比如，镇长的儿子。最好还有伯劳尼亚尔家的儿子，把希特勒的照片放在他们奶酪店橱窗里的那两个蠢蛋。”

“当然可以！只是，总不能把十四个男孩就这样送去吧……”

“废话，这事儿我来办。”

这事儿“见鬼”怎么办？她以体检为名，来到医务室，检查了这群即将领圣体的人。两天后，镇长的儿子和伯劳尼亚尔家的儿子因为腹泻肚子撕裂般的疼痛，卧床不起，待在圈儿里不能来上课了。“见鬼”跑来向神父描述了病症，神父便要求将领圣体的犹太孩子照葫芦画瓢。

领圣体的时间预定在第二天，这十二个假病人却被要求在医务室住上三天。

仪式在晨涞的教堂里举行，盛大的祭礼，数架管风琴打着比什么时候都响亮的鼾声。我好羡慕身穿白色长衣参加这样一场表演的同学们。在我心灵的深处，我就指望有朝一日我会站在他们的位置上。彭斯神父教我摩西五经白辛苦了，没有任何东西能比天主教仪式更让我感动的，这种仪式金光灿灿，排场如此豪华，它的音乐，还有在天花板上博大无边、翩翩轻灵的仁慈的上帝。

我们返回黄色别墅去参加简略的聚餐，这对我们这些都饿坏了的孩子简直就是巨人的盛宴了，我意外地发现玛塞尔小姐站在大厅中央。神父一看到她便和她一起消失，去了他的办公室。

当晚我便从神父那儿得知灾难曾和我们擦肩而过。

领圣体仪式进行期间，盖世太保闯进了寄读学校。彭斯神父想到的，纳粹们恐怕也想到了：到了年龄的孩子没去领圣体恰恰揭露了他们。

幸好，玛塞尔小姐在医务室门口守着。当纳粹们发现寝室里空空如也，扑向最后一层时，她咳嗽起来，并且，按照她的说法，吐得“令人恶心”。当我们知道这个丑八怪“见鬼”实际上能产生的效果，想到她夸张地说及可能发生的经历时，真让我们毛骨悚然。她没有拒绝纳粹们的要求，为他们打开了医务室的房门，只是告诉他们娃娃们的病有可怕的传染性。说到此，她外加一个克制不住的喷嚏，让纳粹们的脸如沐春雨。

盖世太保们心惊肉跳地擦去脸上的唾沫星子，急急转身，离开了寄读学校。黑色的军车开走后，玛塞尔小姐趴在医务室的一张床上大笑了两个钟头，她的笑，按照我的同学们所言，开始时听来相当可怕，接着便传染开了。

虽然没被察觉什么，彭斯神父还是越来越忧心忡忡。

“我担心要来一次身体检查呢，约瑟夫。如果纳粹分子要你们脱掉衣服检查是否行过割礼，这让我怎么办？”

我颔首表示同感，脸上挂着和他一样不安的怪相。实际上，我没听懂他在说什么。割礼？我去问鲁迪，鲁迪傻乎乎地笑了起来，发出他讲到漂亮的朵拉时的咯咯声，仿佛他在朝自己胸口上拍打一袋核桃。

“你说笑话啊！你不知道包皮环切术？你不会不知道你是做过的吧？”

“什么？”

“割礼！”

谈话变得让我很不痛快：这不我又多了一个被我忽略的特征！好像是犹太人还不够似的！

“你的鸡鸡，它上面的皮没有一直遮到头上，是不？”

“显然如此。”

“可是，基督徒们的皮却垂落下来，那圆圆的头是看不到的。”

“像狗那样的吗？”

“是的，完全就像狗那样。”

“那么，我们确确实实属于别的人种啊！”

这条信息使我崩溃：我变成基督徒的希望蒸发掉了。就因为谁都看不到的这一点点皮肤，判定我还得继续做犹太人。

“不是这样的，傻瓜蛋，”鲁迪又说道，“这根本就不是天生的，而是做了外科手术：你出生后几天就做了。这块皮是犹太教教士帮你割掉的。”

“为什么？”

“为了让你跟你的父亲一样。”

“为什么？”

“因为几千年来都是这样做的！”

“为什么？”

这个发现使我大吃一惊。当天晚上，我躲在一边，久久地检查我的柔嫩的粉红色皮肤的把子，结果还是莫名其妙。我无法想象还能有与此不同的样子。后来那几天，为了确证鲁迪没有撒谎，我驻守在操场边的厕所里，利用课间休息，在盥洗池一遍遍地洗手，眼角瞟着旁边的小便池，趁我的同学们从裤子里掏出或收回他们的阴茎时，试着偷看！很快，我就肯定了鲁迪没有撒谎。

“鲁迪，挺可笑的！在基督徒身上，那玩意

儿最后是一张薄薄的皮，裹得紧紧的，打着皱褶，就像可以充气的气球尾巴，上面打结的地方。而且还不止于此。他们小便时间比我们长，拉完了还要把鸡鸡抖一抖。就像他们恼恨鸡鸡。他们在惩罚自己呢。”

“不，他们要在收起来之前，甩掉余下的几滴尿液。他们不如我们那么容易保持清洁。他们要是不小心，就可能长满细菌，发出臭味，导致疼痛。”

“可他们要驱赶的却是我们，是不？你能想得通吗？”

相反，我倒是明白了彭斯神父的难题所在。我领会了组织每星期洗澡的潜规则。神父制订好名单，亲自按个儿点名核实，按名单十个一批，大小年龄混合，在他一个人的监督下，脱光了从更衣室进入公共澡堂。显然每一批都是清一色的。非犹太人绝没机会看到一个犹太人洗澡，反之也一样。在其他地方裸体一直是被禁止的，并将受到惩罚。从而，我便能轻松地猜测出谁隐藏在黄色别墅里了。从这一天起，我由此得出结论，养成了在一扇生锈的门后面缓解我的膀胱的习惯，永远地避开了小便池。我甚至试着纠正手术给我造成的残缺不全：我把只有我一个人的时间全用在扯我的包皮上，想让它恢复我出生时的状态，遮住我的龟头。然而，徒劳无功！我不遗余力地扯，扯完了它又恢复了老样子，日复一日，看不到明显的进展。

“约瑟夫，盖世太保让你脱去衣服怎么办？”

为什么彭斯神父要让他最年幼的寄读生知道这个秘密？他是不是认为我比其他人都勇敢？他需要打破沉默吗？他在为独自一人承担着令人焦虑的责任而痛苦吗？

“嗯，约瑟夫，要是盖世太保强迫你褪下裤子怎么办？”

这个问题的答案是在一九四三年八月期间，我们差点儿被统统带走。学校公开地已经关门，变成了暑假夏令营。没有家庭接纳的学生住在学校里直至开学。我们,其实是些弃儿，却觉得自己是王子：黄色别墅归我们所有，这个季节多的是水果，稍稍可缓解我们的极度饥饿。在几名年轻的修道院修士的帮助下，彭斯神父把他的时间全用在了我们身上。我们轮番出去散步，点燃篝火，踢球和在风雨操场上撑起一条白色的床单，放映卓别林的电影。尽管我们对我们的学监还是很谨慎，我们之间却不再那么小心翼翼，因为我们全都是犹太人。出于对神父的感激之心，还得让他看看我们在上唯一没间断的教理课时是多么用心，在唱仪式歌曲时是多么卖力气，下雨天早晨，我们为未来的圣诞节建造马槽和彩色小泥人时又是多么的兴奋。

有一天，一场足球赛使运动员们浑身汗透了，神父下令马上去冲澡。大孩子们刚刚冲完，中班的也洗了。剩下小班的孩子还没洗，我也是其中之一。

我们二十来个在莲蓬头喷出的清水下叫喊戏耍，这时，一名德国军官闯进了更衣室。

金发军官进来，孩子们愣住了，鸦雀无声，彭斯神父的脸色变得比瓷砖还白。全都凝结住了，只有水还在欢快地、无意识地喷射，洒落到我们身上。

军官仔细查看我们。有些孩子本能地遮住自己的鸡鸡，正常的害羞表现，只是做得迟了些，仍然免不了变成供认。

水流淌着。寂静渗出大颗大颗的汗珠。

军官刚看清楚了我们的身份。他的眼珠迅速转动说明他在思考。彭斯神父走上一步，嗓音喑哑地问道：

“您找什么？”

军官用法语对这情势做出解释。那天早上，他的部队一直在追捕一名抵抗分子，那个人在逃跑中翻过了花园围墙，因此，他找到可能藏着潜入者的我们这儿来了。

“您看到了，您的逃犯并不藏在这儿。”彭斯神父说。

“我看清楚了，确实没有。”军官缓缓答道。

重又恢复寂静，因为恐惧和威胁而沉重的寂静。我的理解是我的存在就要到此为止了。再过几秒钟，我们将赤裸裸地、屈辱地排队出去，登上不知道会把我们送去什么地方的卡车。

外面响起脚步声。靴子的声音。铁钉打在石板地上。喉辅音很重的叫喊声。

穿灰绿色制服的军官疾步走向门口，把门稍稍打开。

“他不在这儿。去别处找找。快！”

门又关上了，队伍走远了。

军官望了望嘴唇哆嗦不止的彭斯神父。有几个孩子哭了起来。我的牙齿咯咯作响。

我最初以为军官在摸他腰带上的左轮手枪。

实际上，他掏出了他的皮夹。

“喏，”他递给彭斯神父一张钞票，说道，“您给孩子们买糖吃吧。”

由于彭斯神父吓呆了，没有做出反应，军官硬是把那五法郎塞进他手里，朝我们眨眨眼，笑了笑，轻轻地踩着步子退出去了。

他走后沉静了多久？我们得用多少时间才能明白过来我们得救了？有的孩子还在哭泣，因为他们心有余悸；有的依然在发愣，缓不过劲儿来；还有的转动着眼珠，仿佛在问：“你呢，你能相信，你相信这是真的吗？”

彭斯神父脸色蜡黄，双唇发白，突然倒在地上。他双膝跪在湿漉漉的水泥地上，身子前后晃动，口里念念有词，两眼可怕地凝视着。我扑向他，以我对鲁迪也会这么做的保护者的动作，把他抱在我潮湿的怀里。

这时，我听到他一再重复着：

“谢了，我的上帝。谢了，我的上帝。为我

的孩子们，谢了。”

然后，他转向我，仿佛刚刚发现我的在场，无所保留地在我怀里抽泣起来。

有些情感，不论喜怒哀乐，显得如此强烈，它们会使我们失去常态。神父的宽慰把我们整得心慌意乱，以至，出于传染，几分钟后，十二个精赤条条的犹太小男孩和一名身穿道袍的教士，互相挤在一起，湿淋淋地，激动不已地又哭又笑。

接下来的那几天依然沉浸在延续的欢乐中。神父一直都笑容可掬。他向我坦白说，在这个结局里，他汲取了失去的信念。

“您真的相信是上帝帮助了我们吗，我父？”

我利用我的希伯来语课提出纠缠在我脑海里的问题。神父慈爱地望了望我。

“说实话，不，我的小约瑟夫。上帝不会介入其间。如果说，自那个德国军官的反应以来，我感到舒畅，那是因为我重又获得了一些对人的信念。”

“我呀，我想到的是多亏了您。上帝看好您呢。”

“别说傻话。”

“您难道不信，如果我们表现得很虔诚，一个犹太人或者一个基督徒，我们就不会遇上麻烦吗？”

“你这是从哪儿来的如此愚蠢的想法？”

“从教理问答课啊。鲍尼法斯神父……”

“刹住！危险的傻话！人类互相制造痛苦，上帝并不介入。他创造了自由的人。因此，我们受苦或我们欢笑，这和我们的优劣无关。你想分配给上帝的角色是多么可怕？你能有瞬间认为，逃过纳粹魔掌的是上帝喜欢的人，被抓去的是上帝讨厌的人吗？上帝并不介入我们的纠纷。”

“您想说的是，不管发生了什么，上帝都不在乎吗？”

“我想说的是，不管发生了什么，上帝已经完成了他的使命。从今往后，该轮到我们来做了。我们对自己负责。”

第二学年开始了。

我和鲁迪变得越来越亲近。因为我们的年龄、身高、关心的事情和态度，什么都不同的缘故吧。每一个不同之处远不是使我们分开，却使我们感到我们相爱到了何等程度。我帮助他澄清模糊的观念，他则在打架的时候以他的高个儿，尤其是以他坏学生的名声保护我。“从中啥都得不出来，”老师们一再说道，“榆木疙瘩脑袋，从来都没遇见过。”鲁迪对学习的完全彻底的不可渗透性让我们钦佩不已。教员们从我们这总能“掏出些什么东西”，这一点说明我们生性卑劣、腐败，可疑地容易接受折中。从鲁迪那儿，他们却什么都得不到。十十足足一个纯粹、经久不变、一清二白的又懒又笨的学生，他用全面抗拒对付他们。他成了学生对老师这另一战场上的英雄。而校规处分雨点般的落到他身上，给他那颗头发蓬乱、惊恐不安的脑袋多加了一道功勋的光晕：殉道的荣誉。

有一天下午，他被罚关夜学，我从窗口递给他一块偷来的面包。我问他为什么，即使在受惩罚的时候，他依然那么温和、坚韧不拔地拒绝学习。他说出了心里话：

“我家里有七口人，父母亲和五个孩子。除了我，全都是知识分子。我父亲是律师，母亲是著名钢琴家，总和最佳的乐队在一起演出，哥哥姐姐二十岁都大学毕业了。全都是专家……全都被抓走了！一辆卡车把他们带走了！他们不信这会落到他们头上，所以他们没有藏起来。那么聪明，那么可敬的人。而我，拯救了我的是我既不在学校，也不在家里！我在街上游弋。

幸免于难是因为我在闲逛……可见，学习……”

“你认为我不该学这些课程吗？”

“不，你不是，约瑟夫。你啊，你有可能学习，而且，你来日方长……”

“鲁迪，你还不到十六岁……”

“是的，这就已经太迟了……”

他已经不必再往下说了，我明白他对他的家人也感到愤怒。即使我们的父母已经不在人世，即使他们不回答我们，在我们黄色别墅的生活中，他们依然扮演着他们的角色。我呀，我怨他们是犹太人！我怨他们让我成了犹太人，把我们置于危险的境地。两个头脑不清的人！我父亲吗？一个无能力的人。我母亲呢？一个受害者。嫁给我父亲的受害者，没有测定他有多软弱的受害者，只是个温柔忠贞的女性受害者。如果说我瞧不起我母亲，我却还是原谅了她，因为我禁不住地爱她。相反，对我父亲，我却不可动摇地怀恨在心。他强迫我变成他的儿子，却显得无能为我确保一个得体的前程。我怎么不是彭斯神父的儿子呢？

一九四三年十一月的一个下午，我们爬上一棵高居田野之上的老橡树的枝丫，观望着展开在眼前的农田，我们，鲁迪和我，试图在树皮里发现松鼠冬眠的巢穴。我们的脚擦到花园围墙上面，只要愿意，我们就能逃出去，跳下去就是紧靠围墙的小路，就能跑掉了。可是，跑哪儿去？能有比黄色别墅的安全更重要的东西吗？我们的冒险行动便局限在围墙内。就在鲁迪爬到更高处的同时，我却在第一个树杈上坐定下来，并且从那个地方，我似乎瞥见了我的父亲。

一辆拖拉机从公路上下来。它即将从我们身边经过。虽然他剃掉了胡子，还装束得像个农民。他还是有不少地方像我父亲，足以使我认出他来。况且，我认出他来了。

我惊呆了。我不想遇上他。“但愿他别看到我！”我屏气凝息。拖拉机在我们的树下噼啪噼啪地响，继续朝山谷驶去。“呵呵，他没看到我！”然而，他就离我十米远，我还能叫他，赶上他。

我嘴巴发干，继续屏着呼吸，等待拖拉机远去，变成一丁点儿大，听不见它的声音。当我肯定它已经消失时，我才活了过来：我吐出一口气，眨眨眼睛，抖动身子。鲁迪嗅出了我的慌乱。

“你出什么事儿了？”

“我好像看到拖拉机上有我认识的人了。”

“谁？”

“我父亲。”

“我可怜的约瑟夫，这是不可能的！”

我摇摇头，想要甩掉我脑袋里那些愚蠢的想法。

“这显然是不可能的……”

我想要得到鲁迪的怜悯，便装出一个失望的孩子的苦相。实际上，我正在为避开了我的父亲而得意。况且，真的是他吗？我们会生活在相隔几公里的地方而木然不知吗？难以置信！那天晚上，我甚至相信那是梦境。我把这段插曲从记忆里赶出去了。

多年以后，我才发现，那天和我擦肩而过的正是我父亲。我拒不相认的父亲，我希望他跑得远远的，别在这儿或已经死亡的父亲……这种故意的误会，残酷的反应，我推诿于当时的脆弱和恐惧是说不清楚的，它始终让我引以为羞辱，完整、强烈、灼痛着我的可耻行为，直至我吐出最后一口气。

当我们汇聚在他的秘密犹太教堂里的时候，彭斯神父告诉我一些战事方面的信息。

“自从德军在俄国陷入困境后，美国人参战了，我估计希特勒快要完蛋了。可这是以怎样的代价取得的啊？在这里，纳粹分子变得越来越紧张，他们带着少见的疯狂、绝望的强力追捕抵抗分子。我为我们害怕，约瑟夫，非常害怕。”

就像狗感到有狼一样，他感到了空气中的威胁。

“行了，我父，一切会顺利过去的。我们接着学习吧。”

就像对鲁迪一样，对待彭斯神父我也有当他保护人的倾向。我深深地爱着他们，为了排遣他们的忧虑，我总表现出不可动摇、令人安心的乐观。

“给我把犹太教徒和基督教徒之间的区别说说清楚吧，我父。”

“犹太教徒和基督教徒相信同一个上帝，教导摩西十诫的那个上帝。只是犹太教徒不承认耶稣就是期待中的上帝的使者，复国救主弥赛亚，他们认为他只是又一个犹太智者。当你相信了耶稣正是上帝的儿子，是上帝的化身，他死过，后来复活了，当你相信了这一切，你就成为基督徒了。”

“因此，对基督徒来说，这已成为过去；对

犹太教徒来说，这还没来。”

“正是，约瑟夫。基督徒是追思过去的人，犹太教徒是尚抱希望的人。”

“这么说，基督徒是不再期待的犹太教徒啦？”

“是的。而犹太教徒则是耶稣出生前的基督徒。”

想到自己是“耶稣出生前的基督徒”，我觉得挺有趣。在天主教的教理问答和摩西五经的秘密传授之间，宗教史吸引我去想象，更胜过去图书馆借来的儿童故事书。它显得更加有血有肉，更深刻，更具体。总之，那就是我的祖先，摩西[①]，亚伯拉罕[②]，大卫[③]，施洗者圣约

---

① 据《圣经》记载，摩西是公元前13世纪的先知。

② 希伯来人的祖先，犹太教、基督教、伊斯兰教所推崇的古代圣人。

③ 古以色列第二代国王，在公元前1000年前后建立统一的以色列王国，定都耶路撒冷。基督教《新约》称耶稣是大卫的后裔。大卫是犹太人复国期望的中心。他以王权为神在地上的统治工具，对宗教史，特别是西方宗教史有重大影响。

翰[1]和耶稣！在我的血管里流淌着的也许就是他们中某个人的血液。再说，他们的生活并不平淡无奇，至少不比我的生活更平淡无奇：他们曾经战斗，曾经呐喊、哭泣、歌唱，他们每时每刻都有丧生的可能。我不敢向彭斯神父坦白的是我把他也归并到那个时代里去了。我难以设想洗手不干的罗马执行官彭斯·彼拉多[2]会是与彭斯神父不同的另一种模样。我觉得，彭斯神父在那里，在《新约》里很正常，就在耶稣身边，站在犹太教徒和未来的基督教徒们之间，手足无措的调停人，既老实又优柔寡断。

我感到彭斯神父为了我而勉强进行的研究把他搞得心猿意马了。像许多天主教徒一样，他以前对《旧约》知之甚少，这个发现，以及

---

① 圣人，他为耶稣行了洗礼，并向人们指称耶稣就是救世主。

② 罗马皇帝提比略在位期间任犹太行省的执行官(26—36)，主持对耶稣的审判，并下令把耶稣钉死在十字架上。据《新约》记载，事后他向皇帝辞职。他和他妻子最后信奉天主教。

有些犹太教教士的评语，让他赞叹不已。

“约瑟夫，有些日子里，我怀疑自己信奉犹太教是不是更好些。”他对我说道，两眼激动地闪烁光芒。

“不，我父，还是当你的基督徒好，您不清楚自己有多好运。”

“犹太教义强调尊敬，基督教义强调爱。然而，我在想，尊敬不比爱更加根本？而且也更容易做到……爱我的敌人，像耶稣提出的那样，把另一边的脸送上去，我觉得这么做令人钦佩，可是不实际。尤其是在目前，你会把你另一边脸颊送给希特勒去抽吗？”

“绝不！”

“我也不！确实，我与基督不相称。我全部的生命都不足以去仿效他……然而，爱能成为一种职责吗？我们能给感情下命令吗？这我可不信。根据犹太教大教士的观点，尊敬高于爱。它是持久的职责。我觉得这是能做到的。我能尊敬我并不爱的人，或是引不起我的兴趣的人。可我会爱他们吗？况且，我既然尊敬他们，还那么需要爱他们吗？爱是很难做到的，我们既不能激起它，也不能控制它，强迫它持续下去。至于尊敬……”

他扣着光溜溜的头皮。

“我在考虑，我们这些基督徒难道仅仅是感情丰富的犹太教徒……”

我的生活便是按照这样的规律度过的：学习，就《圣经》而做的卓越思索，对纳粹分子的恐惧，越来越多、越来越大胆的抵抗分子的闯入，和同学们一起嬉戏，和鲁迪出去散步。如果说轰炸并没有放过晨涞，英国飞行员却难得飞过黄色别墅，或许是因为别墅远离火车站，尤其是因为彭斯神父采取措施，在避雷针上挂了一面红十字会的旗帜。不合常理的是我还挺喜欢拉警报：我不和同学们躲在下面的防空洞里，却和鲁迪一起爬到屋顶上看热闹。皇家空军的流星战斗机飞得那么低，让我们能清清楚楚地看到飞行员，向他们招手表示友好。

战争期间，最大的危险莫过于习惯了。特别是对危险的习以为常。

在晨涞，由于有几十个人在暗暗地对抗纳粹占领者，久而久之，他们终于低估了占领者的力量，诺曼底登陆的消息传来却让我们付出了沉重的代价。

当我们得知，兵员众多、武器精良的美军已踏上大陆的时候，我们乐昏了头。即使我们不得不保持沉默，嘴巴却笑得再也合不拢来。彭斯神父走在地上，就像耶稣走在波涛上，欢乐便彰显在他的额头。

那个星期天，我们急着去望弥撒，急着要和村民们，至少是通过眼神分享这个几乎已成定局的胜利。全体学生提前十五分钟在操场上排好了队。

一路上，穿上节日盛装的农民向我们眨着

眼睛。一位太太递给我一块巧克力。另一位往我手里塞了个橙子。还有一位在我口袋里放了一块蛋糕。

“怎么总是给约瑟夫呢？”有个同学嘀咕道。

“很正常，他是最漂亮的！”鲁迪远远地大喊道。

这些东西来得正好，我的肚子总是瘪瘪的，因为我在抽条儿嘛。

我窥伺着从药房门前走过的时刻，因为我相信，和彭斯神父一起救出和保护了那么多孩子的玛塞尔小姐肯定会容光焕发地出现在那里。也许，她会高兴地丢给我水果香糖呢。

然而，铁帘子把橱窗封得死死的。

我们的队伍前进到村广场，在那里，大家全都停了下来，孩子们和村民们，停在教堂前面。

从敞开着的大门里传来管风琴全力以赴吼出的雄壮的乐曲。从副歌中，我惊愕地听出：《布拉班人之歌》！

大家都惊呆了。在纳粹分子的鼻子底下演奏我们的国歌《布拉班人之歌》，这是对他们的莫大的蔑视。这等于是在对他们说："滚吧，逃跑吧，你们失败了，你们完蛋了！"

谁这么胆大包天？

最先看到的人迅速地低声告诉别人："见鬼！"玛塞尔小姐，她两只手放在键盘上，两只脚踩着踏板，她生平第一次走进教堂，居然是为了向纳粹分子宣告他们即将战败了。

我们欣喜欲狂、激情飞扬地围着教堂，仿佛在观看什么出色的、危险的杂技表演。"见鬼"弹得好极了，比负责仪式弹奏的那个贫血的管风琴乐手弹得好多了。乐器在她的手指下发出一个狂野的铜管乐队的声响，红色的和金色的，响亮的铜管乐和雄浑的鼓声。声浪汹涌，有力地飞到我们面前，大地为此震动，商店玻璃都在颤抖。

突然，一阵刺耳的轮胎摩擦声，一辆黑色

的汽车在教堂前刹车，从车上跳下四个鬼头鬼脑的家伙。

盖世太保的警察抓走了玛塞尔小姐，后者演奏不成，破口大骂：

“你们输定了！完蛋了！你们可以拿我是问，这么做于事无补的！可怜虫！懦夫！无能儿！”

纳粹分子毫不客气地把她丢进汽车，开走了。

彭斯神父的脸色比什么时候都苍白，画了个十字。我两个拳头捏得紧紧的，就想跟在汽车后面跑，赶上它，把那些浑蛋痛打一顿。我抓住神父的手，那只手冰凉冰凉的。

“她什么都不会说的，我父。我可以肯定，她什么都不会说的。”

“我知道，约瑟夫，我知道。‘见鬼’是我们所有人中最最勇敢的人。可他们会对她做什么啊？”

我们没来得及等到这个问题的答案。就在

那天晚上,十一点钟,盖世太保闯进了黄色别墅。

玛塞尔小姐虽然被用了刑，却一个字都没说。然而那些纳粹分子搜查了她的寓所，找出了用在我们假证件上的照片的底片。

我们暴露了，甚至都不需要脱掉裤子。纳粹分子只消打开我们的身份证件就能证实谁真谁假。

才二十分钟，黄色别墅里的犹太孩子便被集中在同一个寝室里了。

纳粹们大喜。而我们，恐怖沉重地压迫着我们。我感到恐慌之极，都变得不会思索了。我都不知道发生了什么，只有乖乖地服从。

“靠墙站着，把手举起来。快！”

鲁迪溜到我身边，可这并不能让我安心：他也因为惊恐瞪大了眼睛。

彭斯神父投入了战斗。

“先生们，我感到气愤：我不知道他们的身份啊！我没想到这些孩子会是犹太人。他们是作为雅利安人被送来的，真正的雅利安人。我受骗了，他们愚弄了我，他们利用了我的轻信。”

即使我没当即明白神父的用意，我也不会认为他为了不要被抓走力求脱离干系。

盖世太保的头儿粗暴地问他：

“这些孩子是谁给你送来的？”

彭斯神父迟疑了一下。漫长的十秒钟过去了。

“我不会骗您的，这里所有的人全都是玛塞尔小姐，那个药剂师给我送来的。”

“您没有因此感到奇怪？”

“她一直都在给我送孤儿过来。都十五年了，从战前很久就开始了。那是个善良的女人。她跟一个志愿者小组有关系，他们在为不幸的孩子们做好事。”

“谁为他们付寄读费？”

神父脸色变得煞白。

“每个孩子每个月都有写着他们名字的信封送来。您可以去会计处核实。”

“这些信封是从哪儿来的？”

“从资助者们那儿……还能从哪儿来？全都记录在册呢。您能找到证明的。”

纳粹们相信他了。他们的头儿一心只想拿到那些登记材料。所以，神父毫不退让地发起进攻。

“您要把他们送哪儿去？”

“梅赫伦[①]。”

“然后呢？”

“这跟您没关系。”

“路程肯定很远吧？”

“当然。”

“那就让我帮他们理一下东西，装好手提箱，穿上衣服，准备好路上吃的东西。孩子们，我们可不能像这样对待儿童。如果你们把自己的孩子交给我管，能容许我像这样让他们走吗？”

双手肥大的头儿在犹豫。神父扑向这个缺口：

① 比利时安特卫普省的一个城市。

“我知道，您并不想害他们。行了，我这就会把事情统统处理好，您明儿一早来接他们吧。”

盖世太保的头儿上了这种情感讹诈的当，为神父的幼稚感到左右为难，他很想向神父证明自己不是个不通情理的家伙。

“明天早上七点整，他们将干干净净的，穿好了衣服，吃饱了肚子，带着他们的背包在操场上排队等候，”神父轻声细语强调说，“别让我难受，我照顾他们几年了。人家把孩子交给我的时候，是可以相信我的。”

盖世太保的头儿朝三十来个就穿着衬衣的犹太孩子瞟了一眼，想起天亮前弄不到卡车，想到他自己也困了，耸耸肩，嘀咕道：

“好吧，我父，我相信您。”

“您可以放心地走了，我的孩子。”

穿一身黑衣服的盖世太保们离开了寄读学校。

神父确信他们已经走远后，向我们转过身来。

“孩子们，不要大声说话，不要害怕，快去悄悄地拿上你们的东西，穿好衣服。然后你们就逃走。”

我们一个个长长地舒了口气。彭斯神父叫来了在其他寝室里的学监，五个年轻的修士，把他们和我们关在一个厅里。

“孩子们，我需要你们帮个忙。”

“相信我们好了，我父。”

“我需要你们撒个谎。”

“可是……”

“你们必须撒谎。以基督的名义。明天，你们对盖世太保说，一群蒙面的抵抗分子在他们走后不久闯进了黄色别墅。你们咬定你们曾经和他们打过一架。况且，你们将被发现被捆在这些床上以证明你们的无辜。你们同意我把你们捆起来吗？”

“您甚至可以揍我们几下，我父。”

“谢谢了，孩子们。揍几下我不反对，只是

需要你们自己相互揍。”

“那您呢，您怎么办？”

“我不能和你们一起留下来了。明天，盖世太保就不会相信我了。他们得找一个人顶着。因此，我这就和娃娃们一起逃走。当然，你们可以揭发是我通知我的同党抵抗分子的。”

后来的那几分钟里，让我看到了最不可思议的场景：年轻的修士们开始互相殴打，他们打得认真，打得严肃，打得准确，打在鼻子上、嘴唇上、眼睛上，如果觉得自己还不够毁容，他们还会要求伙伴们再打。接着，彭斯神父把他们结结实实地绑在床脚上，并且往他们嘴里塞一块破布。

“你们还能呼吸吗？”

修士们点点头。他们有的脸肿起来了，有的鼻子在流血，全都热泪盈眶。

“谢谢你们，我的孩子们，”彭斯神父说，“想想我们的主，耶稣基督，你们就能坚持到明天了。”

说着，他检查了我们带的行李是否轻便，并且，在无声无息中让我们下了楼梯，走出后门。

“我们要去哪儿？”鲁迪低声问。

尽管我可能是唯一想到这方面的人，我没吱声。

我们穿过花园，一直来到那片空地。神父让我们停下。

“孩子们，就这么办了，即使你们觉得我疯了，我们不再走远了。”

他详述了他的计划，那晚上剩下的时间便用来付诸实施。

我们中的一半去小教堂地下室休息。另一半，包括我在内，用接下来的时间抹去真正的痕迹和制造假象。刚被雨水浸润的土地，脚踩下去会发出水声，在上面留下明显的痕迹再也容易不过了。

我们这组人就这样穿过空地，从窄门出了

公园。然后，用脚跟跺着疏松的腐殖土，踩断树枝，甚至故意拉下一些东西，我们从农田间一直走到河边。到了那儿，神父又把我们带到一个小码头边。

“行了，他们会以为有一条船在这儿等我们……我们现在往回走这条线路，但是要倒退着走啊，孩子们，好让他们以为我们有双倍的人数，避免留下往另一方向的任何印记。”

回程速度缓慢，而且费劲；我们脚下打滑，既害怕又疲劳还得努力。到那块空地后还剩下最艰难的事情：用树枝拍打潮湿的地面，抹去我们走向被废弃的小教堂残留的足迹。

当我们和在地下室尽头睡觉的同学们汇聚的时候，天际已微露晨曦。彭斯神父细心地关上一扇扇房门和我们上面的盖板，只点了一支蜡烛照明。

“睡吧，孩子们。今天早上不用按规定时间起床了。”

他在离我倒下的地方不远的书堆里清出一个位置，那几堆书被他在周围摆成一堵砖墙。当他看到我的时候，我问道：

“我父，我能够到你的房间里来吗？”

“来吧，我的小约瑟夫。”

我溜到他身边，把我的脸贴在他瘦削的肩膀上。我刚感觉到他向我投来怜爱的目光就睡着了。

早晨，盖世太保冲进黄色别墅，一下便看到被捆绑起来的修士们，大呼上当，他们顺着我们留下的假足迹赶到河边，并且又朝前搜索了一番，完全没想到我们没有跑远。

彭斯神父不可能回地面上露脸了。我们也不可能在小教堂底下布置的秘密的犹太教教堂里老待下去。如果说我们还活着，这样的活着却尽是问题：说话、吃饭、撒尿、拉屎。就连睡觉都不得安生，因为我们就睡在地上，各人的节奏不同。

“你看到了，约瑟夫，”彭斯神父幽默地对我说道，“乘坐诺亚方舟航行也不是好玩的游戏。”

很快，抵抗运动的网络派人前来把我们一个个带走，藏到别的地方去了。鲁迪是最早被带走的人之一。也许是因为他占的地方太大吧。彭斯神父从不把我指给来接人的战友。他这是故意的吗？我大胆地认为他是想尽量久长地把我留在身边。

“也许盟军会比预期的早一些赢得胜利？也许我们很快就能被解救出去？”他眨着眼睛对我说。

他利用这几个星期和我一起加深对犹太教的认识。

“你们的生命不只是你们的生命，它们载有某种使命。我不想让你们去送命，咱们学习吧。”

有一天，那时我们在地下室里已经只剩下五个人了，我对神父指了指我那三个睡着了的同学。

“您看见了，我父，我真不愿意和他们一起死去。”

“为什么？”

“因为，尽管我们很贴近，他们却不是我的朋友。我跟他们有什么共同的东西？仅仅因为我们同是受害者。”

“你为什么跟我说这话，约瑟夫？”

“因为，我情愿和您死在一起。”

我让脑袋在他的膝头上转动，对他说出在我心里滚动的真话。

“我情愿和您一起死，因为我更爱您。我情愿和您一起死，因为我不愿为您哭泣，更不愿意您为我哭泣。我情愿和您一起死，因为，那样的话，您将是我在人世间最后看到的人。我情愿和您一起死，因为，天上要是没有您，这个天我不喜欢，甚至会让我深感苦恼。”

就在此时，小教堂门外传来大声呼喊。

“布鲁塞尔解放了！我们胜利了！布鲁塞尔被英国人解放了！”

神父跳起身来，把我搂在怀里。

“自由了！你听到没有啊，约瑟夫？我们自由了！德国人滚蛋了！”

那几个孩子醒了过来。

抵抗分子把我们从地下室放出来，大家在晨涞的马路上奔跑、跳跃、欢笑。快乐的呼声飞出各家各户，枪在朝天鸣放，旗帜在窗外飘拂，人们即兴起舞，拿出藏了五年的好酒。

我待在神父怀里，一直到夜晚。他和每个村民议论着一个个事件，流淌着欢乐的眼泪。我用手擦去他的泪水。既然这是个欢天喜地的日子，我便有权算是九岁了，我便有权像个孩子骑在救了我的人肩上，我便有权吻他粉红色的带着咸味的脸颊，我便有权没有理由地哈哈大笑。直至夜晚，我神采飞扬地没离开他。即使我挺沉，他也绝不抱怨。

“战争很快就要结束了！”

“美国人正向列日挺进呢。”

“美国人万岁！”

“英国人万岁！”

“我们万岁！”

“乌拉！”

从一九四四年九月四日那天起，我始终认为，布鲁塞尔早已解放，因为，我突然，直截了当地向彭斯神父表白了我的爱。我被永远地打上了这个印记。从此，我料定，当我向一个女人坦陈我的情感时，也会鞭炮轰鸣，彩旗高挂的。

后来的那些日子，我们那个地区显得比战时更危险，更容易死人。占领时期，敌人清清楚楚地看得见，他们在明处。解放时期，毫无控制的子弹从这儿那儿飞出来，也不可能控制，到处是一片混乱。彭斯神父把他的孩子们带回黄色别墅后，禁止我们走出花园门。然而，我和鲁迪却熬不住爬到我们的老橡树上，老橡树的枝丫从园墙上伸了出去。从叶丛间的空隙望出去,可见光秃秃的一马平川,直至远处的农场。我们从那儿望去，即使看不到打仗，至少能看到打仗的浮沫。我就是这样看到那个曾发现我们淋浴而没去揭发的德国军官的，他穿着衬衣，浑身是血，肿胀的脸，剃光了的脑壳，夹在几个持枪的解放者中间，坐一辆敞篷车过去，被押往不知道是哪个复仇的地方……

粮食供应始终是个问题。我和鲁迪在草坪上寻找一种深绿色的较厚实的野草聊以充饥，我们采集起一满把，然后把它们塞进嘴里。那味道苦涩，臭烘烘的，但是它让我们觉得嘴巴里塞满了东西。

渐渐地，秩序恢复了。然而，秩序没给我们带来好消息。玛塞尔小姐，那个药剂师，受尽酷刑后被押往东部。让她怎么回来啊？她还能回来吗？战争时期我们所怀疑的事情得到了确认，传到了我们这里：纳粹分子杀害了他们关在集中营里的俘虏。几百万人遭到了杀戮，用机枪扫，被毒气窒息，活活地被烧死或埋葬。

我重又开始尿床。过去的恐惧变得历历在目：我被已逃脱的厄运吓坏了。我的羞愧也总是挥之不去：我想起曾经隐隐约约见到，却以为不叫他为好的父亲。然而，那真的是他吗？他还活着吗？我母亲呢？我又爱他们了，因为内疚而更深十倍的爱。

天上无云的夜晚，我溜出寝室，去凝望苍穹。当我凝视着那颗“约瑟夫和妈妈的星”，那些星星就又用意第绪语唱起歌来。很快，我的视觉模糊了，我透不过气来，两臂交叉在胸前，钉在草坪上动弹不得，最后，涕泗纵横，痛哭一场。

彭斯神父已经没有时间给我上希伯来语课了。有几个月时间，他早出晚归，四处奔波，寻找我们父母的踪迹，他核对抵抗组织编制提供的名册，从布鲁塞尔带回来流放中死亡者的名单。

对我们中的某些人，消息来得很快：他们是家中唯一的幸存者。课后，我们安慰他们，照顾他们，然而，在我们的内心深处想到的却是：我会不会就是下一个呢？迟迟不来的会是好消息吗？或者是个很坏很坏的消息吧？

鲁迪，一旦事实取代了希望，便认定他的家人全死了。“像我这样schlemazel，是不会有别的结果的。”实际上，彭斯神父周复一周带回来的也尽是噩耗，他大哥的，接着是他另一位哥哥的，然后是他的姐姐们的，然后是他父亲的，他们在奥斯威辛集中营被毒气杀死的消息。每次，我的朋友都会被一种巨大的无声的痛苦所击倒：我们手牵着手，躺在草地上好几个小时，面对着阳光明媚、燕子穿梭的蓝天。我知道他在流泪，可我不敢朝他转过脸去，怕他感到不好意思。

有一天傍晚，彭斯神父从布鲁塞尔回来，由于车子骑得飞快，脸色通红，他朝鲁迪冲去。

“鲁迪，你母亲还活着。她坐幸存者的专列，星期五到布鲁塞尔。”

那晚上，鲁迪因为快慰而哭，哭得那么厉害，使我都担心他要死了，还没见到他母亲就被眼泪窒息了。

星期五，天没亮鲁迪就起床洗漱、穿衣服、擦皮鞋，按照有产者的风貌打扮舒齐，我们从来没见到过他这副样子，要不是他那双农牧神的耳朵，那油光可鉴的中分的头发都快使我认不出他来了。他兴奋不已，不停地叽里呱啦，从一种想法跳到另一种想法，话说到一半刹住了变成另一种说法。

彭斯神父让人借了辆车，决定让我也参加这番旅行，于是，三年来我第一次离开黄色别墅。鲁迪的欢乐让我把对自己家人命运的忧虑暂时搁在了一边。

布鲁塞尔淫雨霏霏，尘埃状的水珠漂浮在灰蒙蒙的门面间，透明的薄雾遮住了我们的车窗，让马路闪闪发光。来到幸存者们下榻的豪华宾馆后，鲁迪急急地找穿着金红双色制服的保安询问。

“钢琴在哪儿？我得把我母亲领到钢琴前

去。她是个举世无双的钢琴家，演奏高手，她能开个人演奏会。”

在酒吧里找到上漆的长型乐器后，我们得知幸免于难的人都已经到了，经过消毒和蒸汽沐浴后，现下正让他们在餐厅用餐。

鲁迪在我和彭斯神父陪同下直奔餐厅。

一些骨瘦如柴的男男女女暗无光泽的皮肤惨不忍睹地紧包着骨头，同样的黑眼圈里同样迷茫的眼神，他们疲惫到了连拿餐具都困难。他们正埋头在汤上，对我们的到来完全不予注意。他们那么贪婪地吃着东西，生怕有人不让他们吃下去。

鲁迪扫视大厅。

“她不在这儿。还有别的餐厅吗，我父？”

“我去打听一下。”神父答道。

一条长凳上扬起一个声音。

“鲁迪！”

一个女人站起身来，向我们招手之际差一

点儿摔倒。

“鲁迪！”

“妈妈！”

鲁迪朝召唤他的女人跑去，把她紧紧抱在怀里。

在她身上，我认不出鲁迪曾向我描述的母亲，那该是一个高高大大雍容华贵的女人，照他说的，高挺的胸脯，铁青色的眼睛，令观众艳羡的一头很长很长的浓密的黑发。全然不是这样，他抱着的是一个几乎谢顶的小老太婆，褪成灰色的眼睛，目光凝滞、胆怯，瘦骨嶙峋的身子宽阔而扁平，隐现在羊毛长裙下。

这时，他们低声地用意第绪语切切耳语，脑袋搁在对方肩上哭泣，我从而得出结论，如果说鲁迪没有认错妈妈，那就是他在记忆中把她美化了。

他想把她拉走。

“来吧，妈妈，这家宾馆里有钢琴。”

“不，鲁迪，我想先把我碟子里的东西吃完了。”

“行了，妈妈，来吧。”

“我还没把胡萝卜吃完呢。”她跺着脚说道，像个固执的孩子。

鲁迪显得很惊讶：在他面前的不再是说一不二的母亲，而是个不愿放下饭盒的小女孩了。彭斯神父打了个手势让他不要违背她的意愿。

她慢慢地把汤喝完了，认真地、心无旁骛地用一块面包蘸着汤汁擦着瓷碟，直至把它擦得干干净净。她周围的幸存者们全都这么仔仔细细地拾掇着。多年的食不果腹使他们吃起东西来既迷恋又粗放。

接着，鲁迪把手臂伸给她，帮助她起身，并给我们做了介绍。尽管她疲惫不堪，她还是优雅地朝我们莞尔而笑。

“您知道，”她对彭斯神父说，“就因为抱着再见到鲁迪的希望，我才得以支撑下来了。”

鲁迪眨巴眨巴眼睛，引开了话题。

“来吧，妈妈，到钢琴那儿去吧。”

穿过一个个仿佛雕刻在奶油夹心烤蛋白里的大厅，过了好几道挂着厚厚的绸缎门帘而显得沉重的房门，鲁迪小心翼翼地把她搁到琴凳上，掀起琴盖。

她激动地，然后忐忑地打量了一下小三角钢琴。她还能弹吗？她的脚伸向踏板，她用手指尖触摸琴键。她哆嗦着。她害怕。

“弹吧，妈妈，弹吧！”鲁迪喃喃地说道。

她惊恐地望了望儿子。她不敢对他说她担心不会弹了，她没有了劲儿，她……

“弹吧，妈妈，弹吧。我也一样，就盼着有朝一日你又会为我弹琴挨过了这场战争。”

她身子晃了晃，急急扶住框架，然后观望键盘，就像观望她必须克服的障碍。她的手怯生生地伸出去，轻轻地按在象牙琴键上。

我听到了，最柔美、最悲切的乐曲飞扬起来。

起初有点儿尖细，有点儿稀疏，接着比较富丽，比较坚定，音乐渐起，越来越强，渐渐展开，热烈，令人震撼。

鲁迪的母亲在演奏中充实。此时，在我看到的这个人身上，我渐渐辨认出鲁迪给我描述的女人。

演奏完毕，她向儿子转过身来。

“肖邦，”她低语道，“他未尝经历我们刚熬过来的这种生活，可他全料到了。”

鲁迪吻了吻她的脖子。

“你该把你的学习捡起来了，鲁迪？”

“我向你发誓。”

在接下来的那几个星期，我隔三岔五地前去看望鲁迪的母亲，晨涞的一个老姑娘答应收留她。她身体在复原，脸上有了颜色，头发也长出来了，重又说一不二，而每天晚上都去她那儿的鲁迪则不再像以往那样，不再显得是个不可教的坏学生，甚至表现出对数学有惊人的潜能。

星期天，黄色别墅变成曾被隐藏起来的孩子们集中的地方。人们把三到十六岁，还没被亲人认走的孩子统统送到这儿来。他们被展现在风雨操场临时搭起的台上。来这儿的人很多，有的来找儿子、女儿，有的来找侄儿、侄女、外甥、外甥女，还有的来找大祭祀后他们以为自己有责任照顾的远亲。还有些夫妇来这儿登记愿意领养孤儿。

我对这些早晨又期待又害怕。每次点到我的姓名，我走在台上，我希望能听到一个叫声，我母亲的叫声。每当我在彬彬有礼的返回途中，我就想自残。

“这是我的错，我父，如果说我父母亲没回来，那是因为我在战时没有想念他们。”

“别说傻话，约瑟夫。如果你的父母亲回不来了，那是希特勒和纳粹分子们的错。绝不是你的，也不是他们的错。”

“您不建议我让人领养？”

“这还为时过早，约瑟夫。在接到亲人死亡证明前，我没有这个权利。”

“反正，谁也不会要我的！”

“行了，你该还有希望。”

“我讨厌希望。我抱有希望的时候总觉得自己毫无价值、卑劣。”

“后退一步再说，抱点儿希望。”

那个星期天，使我又一次希望落空、脸面尽失的传统的孤儿市场后，我决定陪鲁迪去村里和他母亲一起喝茶。

我们往下走，这时，我远远地看到有两个人影爬上坡来。

我还没有做出决定跑就跑了起来。我脚不沾地地飞跑上去。我都快飞起来了。我跑得那么快，竟至担心我的腿要从髋部脱落了。

我没有认出那个男人，也没认出女人，可

我认出了我母亲的大衣。一件玫瑰红和绿色的格子花呢大衣，带有一顶风帽。妈妈！我从没见到过还有谁穿着这种玫瑰红和绿色的，带有一顶风帽的格子花呢大衣。

“约瑟夫！”

我扑到父母亲身上。我喘不过气，一个字都说不出来了，我试探着触摸他们，我摸着他们，我把他们抱得紧紧的，我确认是他们，抓着他们，不让他们走。我上百遍地重复着无规律的动作。是的，我感觉到了他们，看到了他们，是的，他们活得好好的。

我幸福得受不了。

“约瑟夫，我的约瑟夫！米舍科，你看到了，他长得多帅气？”

“我的儿子，你长大了！”

他们说着愚蠢的鸡毛蒜皮的小事，说得我眼泪直流。我呀，我都说不出话来了。生离死别长达三年的痛苦刚刚砸到我肩上，把我砸垮了。我张着嘴巴无声地久久呐喊，我能做到的唯有抽泣。

当他们发现他们的问题我一个都没回答时，我母亲便问鲁迪。

“我的约瑟飞雷，他太激动了，是不？”

鲁迪予以肯定。我再次得到母亲的理解，被她揣摩出来了又引起我一场泪雨。

我有一个多小时没有恢复话语的功用。在这一个小时里，我一只手抓着父亲的手臂，另一只手塞进母亲的手掌，始终没有松开他们。在这一个小时里，我从他们对彭斯神父的陈述中得知，这几年他们是怎么熬过来的，他们就藏身在不远处的一个地域广阔的大农场里，当农业工人干农活。他们之所以用了那么久才确定我在哪儿，是因为回布鲁塞尔后，苏利伯爵和夫人已经不在，抵抗运动成员指示他们走上了和我南辕北辙的道路，让他们一直找到荷兰。

就在他们讲述他们的历程时，我母亲不住

地转向我，抚摸着我，轻声呼唤：

“我的约瑟飞雷……”

我为找回了意第绪语而满心欢喜，这种语言如此柔和，就连叫一个小孩子的名字时都得加一个抚摸，一个昵称，一个悦耳的音节，就像奉献给心灵的词语的糖果厂……在这种状态下，我变回从前的我，并且一心只想带他们去看看我的领地，在那里度过了如此快乐的几年的黄色别墅。

他们讲完自己的经历后，朝我俯身说道：

“我们这就返回布鲁塞尔。你去拿上你的东西好吗？”

此时，我才恢复语言官能的使用。

“怎么？我不能待在这儿了？”

我这句话迎来了一片默默的沮丧。我母亲眨巴眨巴眼睛，她怀疑自己是否听清楚了，我父亲下颌抽搐，凝望着天花板，而彭斯神父则朝我伸长了脖子。

“你说什么，约瑟夫？”

我恍然醒悟自己的话在我父母亲听来有多么残酷。我羞愧得无地自容！太迟了！可我还是重复了一遍，希望第二遍产生的效果会不同于第一遍：

“我不能待在这儿了？”

一败涂地！结果更糟糕！泪水模糊了他们的眼睛，他们把脸转向窗口。彭斯神父的眉毛拧到了一起。

“你清楚自己说了些什么吗，约瑟夫？”

“我说，我想留在这儿。”

我怎么都没想到就挨了个耳刮子。彭斯神父那只手还在冒烟，他伤心地望着我。我惊惧地看了看他，他从来没有打过我。

“原谅我吧，我父。”我含糊不清地说道。

他晃着神色严峻的脑袋，表示这不是他期待的反应；他用眼色给我指了指我父母。我顺从了。

“原谅我，爸爸，原谅我，妈妈。我无非是想说，我在这儿挺好的，是一种表示感谢的方式罢了。”

我父母向我张开了双臂。

“宝贝，你说得对。我们对彭斯神父是永远感激不尽的。”

“是啊！”

“米舍科，听到没有，我们的约瑟飞雷口音都变了。真让人不敢相信他是我们的儿子了。”

“他是对的。我们该和这不吉的意第绪语做个了断了。”

我打断他们的话，望着彭斯神父更明确地说道：

“我只是想说，我真舍不得离开您……”

回到布鲁塞尔，尽管我高兴地发现以报复的力量投身买卖的父亲租下了宽敞的住宅，尽管我沉溺在母亲的爱抚、温馨和歌声般甜美的语调之中，我还是感到孤独，仿佛在一条没有桨的小船上随波漂流。布鲁塞尔很大，无边无际，向四方来风敞开着，缺少能让我安心的围墙。我吃得饱饱的，穿着合身的衣服鞋袜，在为我保留的漂亮的房间里，我堆积着玩具和图书，可我怀念的却是以前和彭斯神父一起度过的思考重大奥秘的时光。我觉得我的新同学们平庸无奇，老师们机械刻板，课程毫无可取之处，我的家令人腻烦。我只是在拥抱的时候才感到那是我的父母。三年时间里，他们变成了陌生人，也许是因为他们变了，也许是因为我变了。他们的儿子是个儿童，收回去的是个少年。我父亲一心想着物质上的成功，变得使我在这进出口贸易做发了的新阔佬身上，都很难认出斯哈尔贝克的那个谦卑的老爱怨天尤人的裁缝了。

“你瞧着吧，儿子啊，我快发财了，将来，你只要继承我的买卖就行了。”他两眼激动地闪闪发光，一再向我宣称。

我想要变得像他那样吗？

当他要我准备参加受戒礼[①]仪式，我的领圣体，登记入读传统的犹太人的学校时，我没加考虑就拒绝了。

“你不想接受受戒礼？”

“不想。”

“你不想学习摩西五经，不想学习用希伯来语书写和祈祷吗？”

“不想。”

“那为什么？”

“我想成为天主教徒！”

回答来得迅捷：一个冷冰冰的耳光，粗暴，干脆。才几个星期里的第二个耳刮子。继彭斯神父之后，我的父亲。解放，对我来说，首先是耳刮子的解放。

他把我母亲叫来了，让她做证。我重复肯定了我想接受天主教。她哭了，他大叫。即在

① 犹太男孩十三岁时举行的成年仪式。

那天晚上，我逃跑了。

我骑着自行车，走了好多弯路，奔向晨涞，到黄色别墅时已是十一点左右。

我没按栅栏门上的门铃。绕过院墙，我推开空地边的生了锈的小门，然后走进被废弃的小教堂。

门开着，地下室盖子也开着。

不出我所料，彭斯神父便在地下室里。

他看到我，张开了双臂。

我扑进他怀里，倾吐我的混乱。

“你真该让我再抽你一个耳光。”说着，他轻轻地把我抱在怀里。

“可你们全都怎么了？”

他下令让我坐下，然后，点上几支蜡烛。

“约瑟夫，你是一个不久前惨遭屠杀的光荣的民族尚存的一分子。六百万犹太人遭到杀害……六百万啊！面对着他们的骸骨，你已是无法躲避的了。”

“我跟他们有什么共同之处啊，我父？”

“你由他们带进生活。曾和他们一起同时遭到死亡的威胁。”

“然后呢？我有权和他们的想法不同，是不？”

“当然。但是，你必须证明他们曾在现下不再存在的地方存在过。”

“为什么让我，而不是让您证明？”

“我和你都要证明，方式不同而已。”

“我不想接受巴尔·密茨瓦仪式。我想信耶稣基督，像您一样。”

“听着，约瑟夫，你得接受巴尔·密茨瓦仪式，因为你爱你的母亲，敬重你的父亲。至于信什么教，以后再说。”

“可是……”

“今天，最要紧的是你要承认自己是犹太人。这跟宗教信仰毫不搭界。以后，如果你仍有这个愿望，你可以成为改宗的犹太人。”

“那时还是犹太人，永远是犹太人吗？”

"是的，永远是犹太人。接受你的巴尔·密茨瓦仪式吧，约瑟夫。要不，你父母都会为你心碎的。"

我相信他是对的。

"实际上，我父，我还是很想和你一起当犹太人的。"

他哈哈大笑。

"我也一样，约瑟夫，我还是很想和你一起当犹太人的。"

我们好一阵子说笑。然后，他抓着我的双肩。

"你父亲爱你，约瑟夫。也许，他爱得你不舒服，也许，他爱的方式你不喜欢，可是，他爱你，他爱别人绝不会有爱你这么深，而别的任何人也不会像他那样深地爱你。"

"连您也不会？"

"约瑟夫，我像爱别的孩子一样爱你，也许，爱你多一些。可是和你父亲的爱不可同日而语。"

从我感受到的宽慰，我明白了，我就是来

要这句话的。

“把你从我这儿解放出去吧，约瑟夫。我完成了我的使命。从此，我们可以当个朋友。”

他顺手四下一指，让我看看地下室。

“你没注意到有什么变化吗？”

尽管光线暗淡，我还是发现那些烛台不见了，摩西五经的羊皮卷也没了，耶路撒冷的照片……我走近架子上的书籍。

“什么！……这些书不是希伯来语的了……”

“这里不再是犹太教堂了。”

“这是怎么回事儿？”

“我开始另一种收藏了。”

他抚摸好几本书，书上的字母怪怪的，我不认得。

“斯大林即将扼杀俄罗斯的灵魂，我在收集异端分子诗人的作品。”

神父背叛了我们！也许他从我眼神里看出

了这种责备。

“不，约瑟夫，我没背叛你。要说是犹太人，有你在呢。从今往后，你就是诺亚。”

我在阴影里的平台上，面对着橄榄树的海洋，结束这个故事的撰写。我没和同伴们一起回房里午睡，我不想躲避热潮，因为，太阳让它的欢乐深入我的内心。

从那些事件发生后，半个世纪过去了。我最后还是接受了巴尔·密茨瓦仪式。我接过了父亲的生意，并且没有改信基督教。我热忱地学习了我父辈的宗教，并且把它传给了我的儿女们。然而，上帝没有来赴约……

我作为虔诚的犹太教徒，然后是冷漠的犹太教徒，毕尽一生都没再找到童年时在那个乡村小教堂、神奇的彩绘玻璃窗之间，戴着花环的天使下和嗡嗡的管风琴声里感到过的上帝。那时，仁慈的上帝便漂浮在百合花束、柔和的火焰和上蜡地板的气息上，凝望着隐藏的孩子和知情不报的村民们。

我经常不断地去看望彭斯神父。先是在一九四八年，我回了一次晨涞，当时镇政府决定用一直没从集中营回来的玛塞尔小姐的名字命名一条街道。我们这些曾被她接纳，得到过她供养和用过那些假证件的孩子全到场了。镇长在剪彩揭牌之前就药剂师的生平做了个报告，报告里还提到了她的军官父亲，上一次大战的英雄。花丛中竖着这父女俩的照片。我凝望着“见鬼”和上校的图像，这两个人长得真像，简直一模一样，都丑得吓人，只是老军官嘴巴上显然翘着两撇小胡子。三名持有文凭的犹太教士念悼词，颂扬她奉献出生命的英雄事迹；接着，神父带他们参观他的上一次收藏品。

我和芭芭拉结婚的时候，神父得以走进一

座真正的犹太教教堂。他兴趣盎然地核实了仪式的进程。这以后，他便经常来我家过节，犹太教赎罪日、新年祭典，或者我的孩子们的生日。然而，我还是更愿意去晨涞，可以和他一起走进小教堂的地下室，在那里，我总能感受到杂乱无章的和谐的安逸。三十年来，他经常向我宣布：

“我开始另一种收藏了。”

当然，没有任何事情能和Shoah[①]相提并论，一种痛苦和另一种痛苦是不能相比较的，然而，每当地球上有某个民族遭到其他人的疯狂的威胁时，神父便着手拯救能证实受威胁的灵魂的物件。竟可以说，他在他的诺亚方舟上积聚起了一定数量的用品，有美洲印第安人的藏品，越南人的藏品。

我读着读着报纸，最后总能预料到，下次

---

① 希伯来语，“灾难”的意思，尤指纳粹对犹太民族的种族灭绝行为。

去看望彭斯神父的时候，他会向我宣布：

“我开始另一种收藏了。”

我和鲁迪一直都是好朋友。我们为以色列建设出过力。我给了钱，他便在那儿定居。彭斯神父千百次地宣称，他为看到希伯来语这种神圣的语言的复苏而感到欣慰。

耶路撒冷的雅德·瓦什学院决定给纳粹主义猖獗的恐怖时期曾帮助犹太人脱离生命危险的最优秀人士颁发“义人”称号。彭斯神父于一九八三年获得这个名称。

他永远都不会知道了，因为他刚刚去世。也许，他的淡泊名利不会喜欢我们——我和鲁迪策划组织的庆典；也许，他会提出异议，称我们不应该感谢他，他只是按照心灵的呼唤，做了他该做的事情。实际上，这样的庆祝活动只是给我们，他的孩子们，带来莫大的快乐。

今天早上，我和鲁迪在以色列，以他的名字命名的林子里的那几条小路上走了走。“彭斯神父林”共有二百七十一棵树，代表被他救出来的二百七十一个孩子。

幼小的树木从此生长在较古老的林木脚下。

“鲁迪，你瞧，那里树木很快会多起来，这丝毫都不意味着……”

“这挺正常啊，约瑟夫。你有几个孩子？四个。孙子呢？五个。在救出你的同时，彭斯神父救出了九个人。对我来说是十二个人。到下一代，这个数字还要更大。而且，越来越大。几百年后，他救出来的人数将达到几百万。”

“就像诺亚。”

“异教徒，你还记得《圣经》啊？真让我吃惊……”

还跟从前一样，我和鲁迪处处都显得不同。而我们还是那么要好。我们可以争得面红耳赤，然后，拥抱，互道晚安。每次我来这儿，或到巴勒斯坦的农场看他，或者他去比利时看我，我们总会在以色列问题上吵一架。如果说，我支持这个年轻的国家，我却不赞成它的任何行动，鲁迪和我相反，他赞同并且为政府的一举一动辩解，甚至包括穷兵黩武的行为。

“总之，鲁迪，站在以色列一边并不意味着必须赞成以色列所有的决策。和巴勒斯坦人应该和平相处。他们和你一样有权利在这儿生活。这也是他们的领土。他们在建立以色列国之前就生活在这里了。即便只是我们受迫害的历史都导致我们应该向他们说出这些话来，我们自己都已经等待了几百年。”

“是的，可是，我们的安全……”

“和平，鲁迪，和平，这正是彭斯神父教导我们期待的。”

“别天真了，约瑟夫。争取和平最好的办法常常就是战争。”

“我不敢苟同。你在两个阵营之间积下的仇恨越多，和平便越不可能实现。”

刚才，返回橄榄树种植园途中，我们曾经

过一栋刚被坦克履带压垮的巴勒斯坦人的房子。各种用品散乱地丢在尘埃里，尘土朝天堆得高高的。两群孩子在瓦砾间打得酣烈。

我让鲁迪停下他的吉普车。

“这是怎么了？”

“我方的报复行动，”他回答我说，“昨天，发生了一起由一名巴勒斯坦人干的自杀式爆炸。死伤三人。我们必须做出反应。”

我没有作答，下了车，朝瓦砾堆走去。

两帮对立的孩子，一边是犹太男孩，另一边是巴勒斯坦男孩，互相投掷石块。由于打不到对方，其中有一个便捡起一根横梁向离他最近的对手冲去，打了那个孩子，当即遭到反击。才几秒钟，两边的小孩就都抄起木板狠揍起来。

我大声叫喊着向他们跑去。

他们害怕了吗？还是利用有人打岔停止战斗了？他们朝相反方向分散逃跑了。

鲁迪悻悻地缓步朝我走来。

我弯下腰，看到娃娃们落下的东西。我捡起一个 Kippa[①]和一条巴勒斯坦人用的头巾。我把 Kippa 塞进右边口袋，把头巾塞进左边口袋。

“你在干什么？”鲁迪问道。

“我开始另一种收藏了。”

① 希伯来语，犹太教徒戴的无边圆帽。

译后记

这是我今年译出的第三部施密特先生的小说作品了。从读他的第一部作品开始，我就喜欢上了这个作家。

最初，我只是肤浅地觉得这位作家的作品，故事情节曲折，文笔跌宕有致，可读性很强。接着，作者别具匠心的巧妙安排，幽默的陈述，俏皮的语句，轻松地带我进入另一个时代，另一个社会，另一个人群的生活和他们的内心世界，这吸引了我。

然而，这些还不足以说明他的作品成为畅销书的原因。翻译这本书的时候我一直在考虑：为什么他的作品会成为畅销书，被翻译成那么多种语言，传遍全世界呢？

当然，艺术上的成就无可非议，不管是人物形象的塑造还是心理刻画，不管是叙述还是描写，作者都有他的独到之处。而更打动读者、扣人心弦的是思想内容的深度。

从我译出的这三部小说来说，每部小说都直击一个问题，一个摆在我们面前的问题，一个我们关心的问题。

《镜子中的女人》提出的是妇女解放问题。妇女从男性统治下解放出来，男性统治不简单，它广泛地表现在政治、社会、宗教、意识形态、风俗习惯等方面，所以妇女解放也不容易。作者巧妙地以西方史上三个关键的时代为背景，给我们讲述了人文主义的中世纪、二十世纪初的弗洛伊德时期和二十一世纪当代的三个女人的故事，来说明这种斗争的艰苦和长期性。

《来自巴格达的尤利西斯》说的是移民问题。作者指出，这个问题也历时久远，人类的历史就是移民史，边界变动的历史。作者抨击了萨达姆的独裁统治，也批评了美军入侵伊拉克，指出其目的是夺取石油。至于联合国的石油换食品计划导致的后果也并不好。萨德抱着希望，得到的却是悲哀。

《诺亚的孩子》指控的则是希特勒纳粹种族灭绝的罪行。在二战期间，有六百万犹太人惨遭杀戮，更多的犹太人流离失所，惶惶不可终日。约瑟夫说："我讨厌希望。"因为，希望中的东西迟迟不来，作者说："上帝没来赴约。"

然而，作者的笔触并不到此为止，他着墨更多的是人道的抵御，人道的反抗。他指出，上帝创造了世界，他的使命已然完成，剩下来是我们的事情了。彭斯神父、玛塞尔小姐、苏利夫妇以及晨涞的村民们，甚至包括那位发现犹太孩子而不报告的德国军官，他们的表现说明人性是不会泯灭的，人道终将战胜非人道。彭斯神父不仅救下了二百七十一个犹太孩子，还孜孜不倦地收集希特勒想要摧毁的犹太文化的见证。玛塞尔小姐第一次进教堂，用管风琴演奏比利时国歌，宣布纳粹的失败，读着让人敬佩，大快人心啊。

这便是小说得到读者普遍认可的最根本的原因了。

寥寥数语，不足以尽道其美，抛砖引玉而已。

译者

2012 年 8 月 20 日

识于武昌东湖名居

图书在版编目（CIP）数据

诺亚的孩子 /（法）施密特著；周国强译．
—南京：译林出版社，2016.6
ISBN 978-7-5447-6352-3

Ⅰ.①诺… Ⅱ.①施… ②周… Ⅲ.①长篇小说－法国－现代
Ⅳ.①I565.45

中国版本图书馆CIP数据核字（2016）第092693号

书　　名 诺亚的孩子
作　　者 〔法国〕埃里克-艾玛纽埃尔·施密特
译　　者 周国强
责任编辑 陆元昶
特约编辑 苑浩泰
出版发行 凤凰出版传媒股份有限公司
译林出版社
出版社地址 南京市湖南路1号A楼，邮编：210009
电子信箱 yilin@yilin.com
出版社网址 http://www.yilin.com
印　　刷 三河市祥达印刷包装有限公司
开　　本 640×960毫米　1/16
印　　张 10.75
字　　数 62千字
版　　次 2016年6月第1版　2016年6月第1次印刷
书　　号 ISBN 978-7-5447-6352-3
定　　价 26.00元

译林版图书若有印装错误可向承印厂调换